AF284107

Leinad Treppe

Erzählungen und Artverwandtes

Herstellung und Verlag: BoD - Books on Demand,
Norderstedt
ISBN 9783752811346

Für Rachel

Inhaltsverzeichnis

Wie ich berühmt wurde

Oder: Die Wahrheit über die Heinrich-Heine-Haus-Besetzung

Es gibt Dinge im Leben, die kann man planen. Dann führt man sie durch und sie funktionieren oder eben nicht. Es gibt aber auch Dinge, die kann man nicht planen. Wenn sie passieren, kann man versuchen, dass es klappt. Manchmal geht es aber auch schief. Und es gibt Dinge, die geschehen erst gar nicht. Oder sie geschehen ohne ersichtliche Ursache Und manchmal planen auch andere Menschen etwas. Das korrespondiert dann entweder mit den eigenen Vorhaben oder sie verhaken einander. Einer Mischung aus diesen Möglichkeiten verdanke ich es nun, dass ich berühmt geworden bin.

Erinnern sie sich an Peter Handke? Ich frage nicht, ob sie seine Bücher gelesen haben, das haben nämlich die wenigsten, sind auch nicht so wichtig, aber alle sagen sogleich: „Peter Handke? Klar! Publikumsbeschimpfung!" Damit ist sein Name verknüpft, bis heute. Die Studenten lernen so etwas in Literaturseminaren, ohne auch nur eine Zeile von ihm gelesen zu haben. Natürlich war das alles geplant, das Stück hieß ja auch so. Aber gewirkt hat es, bis heute.

Es gab da auch mal einen Autor, der sich bei einer Lesung mit einer Rasierklinge die Haut aufgeschnitten hat. Das war auch geplant. Reine Effekthascherei. Die Leute erinnern sich vielleicht noch an den Vorfall, aber wie hieß er nur? Und Friedensreich Hundertwasser hatte mal nackt eine Lesung gehalten. Berühmt wurde er wegen anderen Dingen, aber ungefähr in der Symbiose aus derartigen Handlungen wollte ich mich auf den Olymp der Kunst hieven (ohne Blutvergießen, selbstverständlich), meinen Namen auf lange Zeit in die marmornen Tafeln der Kunstschaffenden meisseln, unvergessen meinen Namen neben all den anderen Berühmtheiten stehen sehen. Warum? Um dann ein breites, cremiges Leben auf einer abgelegenen griechischen Insel zu genießen und ab und zu mal ein Buch zu schreiben. So ungefähr stellte ich mir das vor. Eine typische Männerphantasie eben. Und ich war überzeugt davon, daß der Erfolg nicht von alleine kommen würde, dafür müsste man schon etwas tun, schließlich konnte ich nicht darauf warten, bei irgendeiner zukünftigen Lesung auf ein nervendes Publikum zu stoßen, das ich beschimpfen könne. Außerdem hatte es das ja schon gegeben, und außerdem wäre heutzutage der Aufschrei lange nicht mehr so groß, so nachhaltig, so laut, so dass es mich berühmt gemacht hätte und mir ein schönes Leben ermöglicht hätte. Heutzutage muß man schon in die Tagesthemen. Und das über mehrere Tage hinweg. Direkt neben Krieg, Gesundheitsreform, Bombenanschlägen, Steuerreform, Natur-katastrophen und den Arbeitslosenzahlen.

Als ich noch studierte kam ich bei einem Besuch des Heinrich-Heine-Hauses in Lüneburg darauf, es zu besetzen. Während meiner Lesung in diesem Haus der Literatur. Das Haus war ideal, um sich in ihm zu verbarrikadieren, die Fensterfront im ersten und zweiten Stock zeigt zum Marktplatz Richtung Innenstadt, die Türen und Aufgänge sind klein und schmal. Aber der Reihe nach. Bevor ich loslegen konnte, galt es noch ein paar Hürden zu nehmen. Aber mein Plan reifte in mir. Jahrelang. Zunächst brauchte ich irgeneine Veröffentlichung, egal wo. Dann nämlich konnte ich ein neun-monatiges Stipendium im Heinrich-Heine-Haus beantragen. Sie förderten nämlich nur das zweite Buch. Während dieser Monate bekam der Stipendiant 500 Euro im Monat und wohnte im Haus im ersten Stock in der eigens für ihn vorgesehenen Wohnung, wo er schreiben sollte. Am Ende der neun Monate fand dann die Lesung statt, die ich zu meinem großen Auftritt werden lassen wollte.

Bei der ersten Veröffentlichung half mir der MDR (warum nur `mitteldeutscher Rundfunk´? Waren die Ostgebiete denn immer noch von Polen besetzt?). Ich beteiligte mich an einem Autorenwettbewerb, gewann zwar nichts, doch gehörte meine Kurzgeschichte zu den zwanzig, die in einem Sammelband veröffentlicht wurden. Das war nicht viel, aber ich konnte meinen Antrag im Literaturhaus damit einreichen. Überraschenderweise schrieben sie mir, daß ich in die engere Wahl gekommen sei, daß sie mich gerne sehen würden, da mein bisheriges Oeuvre doch recht bescheiden sei und sie feststellen wollten, wieviel Substanz denn so in und hinter mir lauern würde. Ich war recht aufgeregt an dem Tag als ich den beiden Frauen und dem Mann, die sich mir als das Entscheidungskomitee vorstellten, gegenübersaß und ihre Fragen beantwortete. Aber als ich mich erstmal warmgeredet hatte, lief es eigentlich ganz gut für mich. Ja, reden kann ich. Das habe ich bei Referaten in einigen Seminaren üben können. Ich bediente mich dabei der Eristischen Dialektik von Schopenhauer, ebenso einiger einfacher sprachkritischer Methoden, die ich bei Karl Kraus gelernt hatte. Vor allem bei Themen, die nicht so beliebt waren, mich aber besonders angingen: Widerstand gegen den überwachten, betonierten Zoo, gegen die Zerstörung des Planeten und gegen die andauernden Kriege. Mit was für Volk man es da in den mit degenerierten, zur Kritiklosigkeit konditionierten Studentennappeln aufgefüllten Seminaren auch zu tun bekam! Dieses Pack, das sich selbst als Elite wähnt, dumm und dumpf wie...? Ja was nur? Jeder Tiervergleich schlug fehl. Sie selbst bezeichneten sich als `Menschen´, das allerdings stellte ich in Abrede, denn die meisten dieser Exemplare waren auf dem Weg zur Menschwerdung steckengeblieben. So war jedes Referat eine gute Übung, vor allem für das, was noch kommen sollte. Jedenfalls den Teil, den ich plante. Für alles andere, was geschah, konnte ich sehr wenig, doch fiel es alles auf mich zurück. Ja wahrlich, berühmt bin ich geworden und werde mich nie wieder an die Öffentlichkeit wagen, geschweige denn meine Insel verlassen. Irgendwann wird vielleicht einmal der Stern auf seiner vorletzten Seite fragen: „Was macht eigentlich...?" Dann sollte ich mich allerdings schleunigst daran machen, meine Memoiren zu schreiben.

Wie dem auch sei, die Ereignisse, die ich losgetreten hatte, kamen ins Rollen. Sie nahmen mich als neuen Neun-Monats-Stipendiant, und ich zog in die Wohnung ein. Mein Plan war schon zuvor in mir ausgereift. In neun Monaten, zu Beginn meiner Abschlußlesung vor den Honoratoren der Stadt und der Universität, der literaturinteressierten Bürger und Journalisten und Verlegern und meiner zahlreich erschienenen Freunde und Mitkämpfer, würde ich aufstehen und verkünden, dass das Haus von nun an besetzt sei. In diesem Moment würden auch alle meine Freunde mit der Umsetzung der Besetzung beginnen. Ich werde noch sagen, dass wir keine Waffen hätten und keine Geiseln nehmen würden, aber dass das Haus von nun an besetzt sei, bis unsere Forderungen erfüllt seien: Abschaffung der herrschenden Klasse, Entwaffnung des Planeten, Stopp des Raubzugs der Giganten. Dann würden wir alle, die nicht bleiben wollten, rausschmeißen, den Treppenaufgang mit allen Stühlen und Tischen verbarrikadieren, die Fenster zum Marktplatz hin öffnen, die 10000 Watt-PA aufstellen und sie anschließen, und dann sollte es losgehen: Bis sie uns räumen würden, wollte ich meine Rede halten und dabei die ganze Innenstadt beschallen. Tagelang. Nächtelang.

Immer wieder würde ich unsere Forderungen wiederholen und gleichzeitig betonen, dass wir unbewaffnet seien aber nicht gehen würden, bis sie erfüllt sind. Und das Ganze wollte ich dann als Kunstaktion ausgeben, dann nämlich, so hatte ich gehört, wäre die Strafe geringer. Das war mein Plan.

Die Wohnung war modern, bis auf die Elektrik, und dass ich mich in einem der ältesten Häuser Lüneburgs befand, konnte man nicht sogleich sehen. Den Eltern von Heinrich Heine hatte das Haus einmal gehört, er selbst hatte hier ein paar Jahre gelebt, und als es ein Haus der Literatur geworden war, wurde renoviert: Weiße, tapezierte Wände, viel helles Holz, Internet- und Telefon- und Antennenanschluß und Doppelglasfenster. Der Blick hinaus war gewöhnungsbedürftig, und es wurde bei der Führung seinerzeit darauf hingewiesen, dass die besondere Zusammen-stellung der Gebäude drumherum den ersten Dichter, welcher hier als Stipendiant lebte und schrieb und nun vergessen ist, eben jenes Ensemble inspiriert hatte: Durch die Fenster zur rechten Seite blickte man in den Innenhof des Untersuchungsgefängnisses, nebst dem dahinter aufragenden Zellentrakt und dem daran angeschlossenen Gebäudes des Amtsgerichtes, auf der linken Seite befand sich der Hinterhof der Sparkasse. Nach vorne hin rahmten Bank und Gericht das Haus der Literatur ein, und ich konnte nun von meinem Schreibtisch aus, wenn ich arg schielte, gleichzeitig in beide verborgenen Hinterwelten schauen. Auch mich inspirierte es: Nach rechts, ins Gefängnis wollte ich nie, und das Geld zu meiner linken interessierte mich doch sehr, jedenfalls soviel, daß es noch nicht korrumpiert, aber dass es auch reichen würde, um ein breites und cremiges Leben führen zu können, ohne dass man deswegen Bekanntschaft mit den Innereien der Gebäude zu meiner rechten machen mußte. Na ja, es kam genau anders herum, aber berühmt bin ich geworden.

Schon am ersten Abend begann ich mit der Arbeit. Die Mitarbeiter waren gegangen, ich war endlich alleine im Haus, und ging, soweit ich offene Türen vorfand und soweit meine Schlüsselgewalt reichte, herum. Neun Monate waren nicht viel Zeit, und ich dachte mir, es sei besser, sofort mit der Umsetzung zu beginnen. Neun Monate Streß waren ja nicht zuviel verlangt, wenn danach ein süßes Künstlerleben auf einer griechischen Insel in Aussicht stand.

Den Treppenaufgang zu verbarrikadieren stellte ich mir recht einfach vor: Unten, direkt am

Treppenaufgang, befand sich eine schwere, zweiflügelige Tür. Diese galt es mit viel Holz und Eisen zu versperren, danach würden wir von oben alle Stühle und Tische in den Treppenaufgang werfen. Es würde schwierig sein, das so entstehende Knäuel aus Metallbeinen und Holz zu durchdringen. Vielleicht sollte man noch etwas Stacheldraht mit einflechten und ich machte mir erste Notizen. Schon am ersten Abend wurde die Materialliste sehr lang, aber bei tausend Eus im Monat war das zu schaffen. Wie brauchten Notstromaggregate, Benzin, Stacheldraht, Kabel, Essen, Wasser, Bier, Werkzeug, um die Türen zu sperren und vor allem eine fette Anlage, die sauber, klar und deutlich einen satten Sound über die Innenstadt legen könnte. Die würde sehr viel Strom fressen, und den werden sie uns, sobald das Spektakel losgehen würde, als erstes abstellen. Wenn sie clever sind. Waren sie nicht, aber man muss ja mit der Intelligenz seiner Mitmenschen rechnen. Ich unterstrich die Notstromaggregate und das Benzin auf der Liste. Wir würden viel Benzin brauchen, schließlich wollten wir ja solange bleiben, bis unsere Forderungen erfüllt waren.

Schon am nächsten Tag begab ich mich auf die Suche nach einer Musikanlage, die meinen

Vorstellungen gerecht werden konnte. Ein alter Bekannter von mir arbeitete in einem Musikladen, über ihn würde es möglich sein, an die richtigen Geräte ranzukommen. Die Notastromaggregate wollte ich mir über einen anderen Kumpel leihen, eins wollte ich mir auch kaufen – auf einer abgelegenen Insel würde es mir von Nutzen sein.

Den ersten Monat über brachte ich den Kleinkram in meine Wohnung und das Haus: Essen, Getränke und Bier für die fette Besetzungsparty, die wir feiern wollten. Ich kaufte Baumaterial und Werkzeug und immer wieder 5-Liter-Kanister, die ich an verschiedenen Tank-stellen Lüneburgs mit Benzin befüllte. Und alles brachte ich, Tag für Tag, Nacht für Nacht in meinem Rucksack ins Haus. Nur wie sollte ich die PA und die Aggregate hineinbringen, ohne dass es jemand mitbekam? Mir fiel keine Ausrede ein, unter deren Deckmantel man es hätte offen tun können. Ich schob das Problem etwas vor mir her, arbeitete stattdessen an meiner Rede, die ich die Tage und Nächte während der Besetzung vom mittleren Fenster aus halten wollte.

Die Wohnung füllte sich. Ich versteckte alles so gut es ging, falls doch einmal jemand hereinkäme: Unterm Bett, in den Schränken, in Kisten und deckte alles sorgsam ab. Doch wohin sollte ich mit den Benzinkanistern? Es wurden immer mehr. Ich versteckte sie auf dem Dachboden. Der Richter sagte später kopfschüttelnd und vorwurfsvoll zu mir, dass er von einem Literaten erwartet hätte, daß er von Max Frisch `Biedermann und die Brandstifter´ gelesen hat. Hatte ich auch. Doch ich wollte ja nichts abbrennen. Das war nicht mein Plan. Ich wollte berühmt werden.

Nachdem ich zwei Monate geplant und rucksackweise Material eingelagert hatte, wurde es im dritten Monat das erste Mal etwas ernster: Der Wohnung füllte sich sichtlich, und ich war lange und oft mit sorgfältigem Aufräumen und Verstecken beschäftigt. Ein Freund half mir eines späten Abends dabei, das erste Notstromaggregat in das Heinrich-Heine-Haus zu schaffen. Wir verpackten es in einen großen Pappkarton, in denen mal ein Fernseher transportiert wurde. Am Abend fuhren wir vor das Haus und schafften es hinauf. Hätte uns jemand gefragt, so hätte ich gesagt, daß der Fernseher für eine Kunst-performance benötigt würde. Aber niemand war da, der uns hätte fragen können. Beobachtet wurden wir allerdings schon, das weiß ich heute, von einem Mann in einer Zelle im zweiten Stock des Untersuchungsgefängnisses, nur war er diskret genug, nicht zu fragen, jedenfalls nicht an diesem Abend. Er zog seine eigenen Schlüsse aus dem Gesehenen und spätestens nachdem wir die nächsten Monate hindurch immer wieder spät am Abend oder sogar Nachts Material in das Haus hineinschafften, dämmerte ihm, dass etwas vorging, was nichts mit den üblichen Abläufen im Heinrich-Heine-Haus und seinen Stipendianten zu tun hatte, und er entwickelte einen eigenen Plan. Interessanterweise ergänzten sich meiner und seiner einander, obwohl ich das auf gar keinen Fall geplant hatte, und ich muß betonen, dass der Vorteil eindeutig auf seiner Seite liegt. Soweit ich das Geschehen hinter den Gefängnismauern heute im Nachhinein rekonstruieren kann, so hat er seinen Freunden draußen etwas mitgeteilt und zwei seiner Mithäftlinge eingeweiht, der vierte nutzte dann wohl einfach nur die Gunst der Stunde.

Von den Vorgängen hinter den Mauern der Sparkasse zur anderen Seite neben mir erfuhr ich, als der Direktor eines Nachmittags in das Heinrich-Heine-Haus kam, sozusagen `nach Feierabend´ mal vorbeischaute, ohne dabei zu wissen, dass er sich dabei in einem faschistischen Ausdruck bewegte, der die Zeit nach der Arbeit meinte und gleichzeitig beinhaltete, dass man Arbeit haben würden, nach der es eine andere

Zeit geben würde, in der man sich erholt, für die nächste Zeit der Arbeit. Er gehört damit sicherlich zu einer Mehrheit, die so denkt. Er plauderte unten ein wenig mit einer Mitarbeiterin (sie kannten sich), kam die Treppe hoch und klopfte dann an meine Tür. Er hieß Herr Miesgeld. Ohne Witz, diesen Namen gibt es wirklich. In Wahrheit war Herr Miesgeld mal der Direktor einer Berliner Wohnbaugesellschaft und ein Arschloch. Deswegen ist er nun nicht mehr Direktor sondern wegen irgendwelcher finanziellen Mauscheleien im Gefängnis, und ich erlaube es mir, diesen Namen, gewissermaßen als Pseudonym für den Bankdirektor zu benutzen, der eines Tages, ich war irgendwo im siebten Monat, in meiner Tür stand, die ich einen Spalt weit öffnete und abwartend nach draußen schaute. Er stellte sich vor, und fragte, ob er mich einen Moment sprechen könne. Er lugte durch den Türspalt hinein, alles, was er sah, war eine aufgeräumte Wohnung und einen Schreibtisch mit vielen Zetteln. Was wollte der denn hier? dachte ich. Hatte er das Benzin gerochen? Oder hatte ihm jemand was erzählt? Ich wurde unsicher. Die Putzfrau gehörte zum Campus-Putzteam und war eine von uns. Die Sekretärinnen und die Direktorin wussten und ahnten nichts, da war ich mir sicher;

ich bin ein guter Schauspieler und, na ja, auch ein Charmeur. Hätte ich geahnt, daß der einzige, der zu dieser Zeit tatsächlich etwas ahnte, direkt mir gegenüber saß, nicht einmal fünfzig Meter entfernt, sozusagen mein nächster Nachbar war: - ein Russe in einer Zelle, der abends manchmal die `Internationale´ sang, was mich jedesmal sehr bewegte. Er sang auf deutsch oder auf russisch, je nachdem, wie es ihm zu gefallen schien. Er hatte eine starke, slawische Stimme. Vielleicht sang er ja für mich. Doch ich hörte keine Signale.

Mein nächstes Gefecht stand vor mir in der Tür und wartete, hereingelassen zu werden, schließlich war er der Direktor der Sparkasse in Lüneburg, die einer der Hauptsponsoren des Literaturhauses war. Gewissermaßen stand also mein Geldgeber vor mir, der sich selbstverständlich in keinster Weise in die Angelegenheiten des Hauses weder einmischen durfte, noch wollte, noch es tat. Er war nur vorbeigekommen, um mit mir ein ernstes Wort zu reden. Daran ließ er keinen Zweifel. Die hatte er höchstens, und zwar an meiner Person. Das sagte er mir natürlich nicht sofort, aber dann doch ziemlich direkt. Wir hatten uns vor die Wohnung in den Saal gesetzt, dorthin, wo die Abschlußlesung in zwei Monaten stattfinden sollte, und er teilte mir seine Sorgen mit. Er habe mit einigen Doktoren und Professoren der Universität bei einem Glas Wein oder Bier in einem Lokal in der Innenstadt über den derzeitigen Neun-Monats-Stipendianten gesprochen: - über mich. Es habe sich herausgestellt, daß ich einigen der anwesenden universitären Herren in ihren Seminaren doch aufgefallen sei, und zwar, so betonte er, `in nicht immer angenehmer Weise´. Ich sei ein Radikaler, und einigen der Dozenten durchaus unheimlich erschienen, weswegen sie es tunlichst vermieden hatten, mich in irgendeiner Weise zu fördern. Auch die Kurzgeschichte, mit der ich mich beworben habe, nannte er `dürftig´ und `rein destruktiv´. (Es ging um den Abriss eines Berliner Cafés, das den Eltern eines Freundes gehört hatte. Der echte Herr Miesgeld hatte sie seinerzeit aus den Räumen herausgeklagt, und wir hatten es daraufhin abgerissen...). Und auch die Leseprobe, die ich eingereicht hatte, die `Lustige Reisegeschichte´ sei voll mit einem ätzenden Humor, über den man so recht nicht lachen könne, gespickt mit Belehrungen aus der anarchsistischen Fakultät. So sei er selbst nie mit meiner Wahl einverstanden gewesen, aber einzig die Direktorin, nennen wir sie Siegrid, habe sich für mich entschieden eingesetzt, und auf einmal klang eine Warnung in dem mit, was er mir so höflich und deutlich sagte, dass nämlich das, was ich des weiteren zu tun gedenke, auch auf sie zurückfallen würde, und dass er doch sehr hoffe, dass ich den Erwartungen, die in mich investiert wurden, auch gerecht werden könne. Dass sie sich also auszahlen sollten und ich keinen Ärger machen sollte. So sagte er es nicht, aber er meinte es. Ich blieb sachlich, höflich distanziert, dachte dabei allerdings auch an meine Möglichkeiten, irgendetwas im Hintergrund in die Wege zu leiten. Ich überlegte, ob ich über irgendwelche Kontakte zu Mafia- und Bankräuberkreisen haben würde, schließlich kannte ich ja inzwischen sehr genau die Zeiten und Abläufe der Bankgeschäfte gegenüber und hatte mir entsprechende Notizen gemacht, sagte aber freundlich mit entsprechender Attitüde in meiner Stimme: „Ich bin Künstler, Herr Miesgeld, " und tat wie ein Bohémien, meine Lieblingspose, „ich bin Schriftsteller. Und ich werde lesen. Es wird nicht jedem gefallen, aber für die Unterhaltung bin ich schließlich ja auch nicht zuständig. Denken sie etwa ich will das ganze Haus abbrennen?" fragte ich etwas lauter, als würde ich mich gegen direkte Vorwürfe verwahren, als hätte er mich beleidigt. Da hatte ich ja was gesagt, aber es wirkte: „Oh nein, "sagte er erstaunt und abwehrend, "so etwas würde ich niemals denken, das meinte ich ja nun gar nicht. Ich hoffe nur, dass sie auch Substanz zu bieten haben werden. Dass sie sich Mühe geben. Ja! Dass sie Siegrid nicht enttäuschen werden!" Mein erster Gedanke war, als er ihren Namen aussprach: Er ist also geil auf sie. Der erste Eindruck ist manchmal der richtige.

Als er gegangen war, begann ich an meinem Plan zu zweifeln. Sicher, in einem Punkt hatte er recht: Siegrid da mit hineinzuziehen, war unfair. Sie würde das Opfer sein, meine Leiche im Keller. Wenn ich das umsetzte, was ich gerade vorbereitete, wird sie einen schweren Stand haben, wenn ich es nicht sauber durchziehen würde. Mit `sauber´ meinte ich: den Ärger in Grenzen halten, die Kunstperformance in den Vordergrund stellen. Nichts beschädigen, usw. Unangenehm zwar, wie zum Beispiel Schliengensiefs AusländerContainer, aber dennoch Kunst, spektakulär und durchaus politisch zu verstehen. Oder doch besser jetzt noch aufhören? Das Ziel so nah vor Augen, auf der Zielgerade gewissermaßen. Ich sah mich schon das ganze Zeug im Eilverfahren Tag und Nacht wieder hinausschaffen. Aber einen mußte es eben erwischen. Das war der Preis. Einer war immer das Opfer und der Dumme. Sie tat mir schon jetzt sehr leid, denn wir hatten uns einander die letzten Monate durchaus, na sagen wir, kennengelernt.. Manchmal sprachen wir miteinander; meistens am Nachmittag, bevor sie ging. Immer öfter und länger gab es diese Begegnungen, mal im Stehen im Flur, mal saßen wir an einem Tisch und aßen etwas, mal saßen wir in den Sesseln und tranken am Abend ein Glas Wein. Ich musste mir eines Tages eingestehen, daß ich Gefühle für sie entwickelt hatte, da war ich schon im achten Monat. Sicher, ja, sie war ein paar Jahre älter als ich, war verheiratet, im Großen und Ganzen damit auch einigermaßen zufrieden, jedenfalls sagte sie sich das, schlimmer ging immer. Mann, Haus, ein fast erwachsenes Kind, doch wirklich glücklich war sie nicht. Sie wusste das kleine Glück zu schätzen, wenn sie sich mit so schrägen Vögeln wie mich auseinandersetzte oder sie eben näher kennenlernte. Und ich sie. Ich hatte mehr und mehr ein schlechtes Gewissen, wenn ich mit ihr sprach und daran dachte, was ich vorhatte, und merkte zugleich, wie sie meine Nähe und das Gespräch mit mir suchte, und wir uns über immer privatere Themen unterhielten. Und es begann schon zwischen uns zu knistern, oder wie immer man das auch nennen möchte, Doch blieb sie für mich eine verheiratete und gleichzeitig sehr attraktive Frau, völlig angekommen in der Gesellschaft und mit ihr verbunden, fern davon, irgendetwas Unerwartetes zu tun. Jedenfalls täuschte ich mich in diesem Punkt gewaltig.

In meinem neunten Monat stoppte ich den ganzen Plan. Wegen ihr. Ich wollte ihr nicht wehtun, der Preis war mir zu hoch geworden. Ich war dabei, mich in sie zu verlieben. Die helfenden Freunde kamen vorbei und wir diskutierten nächtelang. Im Grunde genommen war alles bereit. Das Barrikadenmaterial war reichlich im Haus eingelagert, Stromaggregate, Sprit, Essen, die PA waren da und zudem genügend Bier. Die Party konnte beginnen, die informierten Kreise fieberten bereits dem Tag X entgegen. Deutschlandweit. Auch Freunde aus Frankreich und Spanien hatten sich angekündigt. Den Plan jetzt zu canceln war schlicht unmöglich. So jedenfalls argumentierten meine Freunde. In drei Wochen war der Leseabend. Der Countdown lief bereits. Die Szene war vorinformiert, Tag und Ort waren für sie aber noch geheim und nur diesem kleinen, klandestinen Kreis bekannt, der Rest wartete. Es sickerte auch etwas an die falschen Stellen durch, die Polizei ahnte alsbald, daß irgendetwas vorging in ihrer Stadt, aber sie wußten nicht was. Sie kamen wie immer zu spät.

Wir waren 26 Leute, die sich an dem Abend im Lesesaal trafen, um über meine Absicht zu diskutieren, den Plan fallenzulassen.. Ich stellte mich stur, beharrte auf Abbruch. In der Hitze des Gesprächs hörte niemand, wie die Tür unten geöffnet wurde. Auf einmal stand Siegrid neben unserem Kreis. Sie schien nicht sonderlich verwundert zu sein. Sie sagte, daß etwas vor sich gehen würde, wußte sie, seitdem sie drei Rollen Stacheldraht in der Besenkammer gefunden habe. Der Stacheldraht! Ich dachte, in die Ecke schaut nicht einmal die Putzfrau. Sie hatte dann noch in andere Ecken geschaut und sich gewundert, daß ich scheinbar das ganze Haus präpariert habe. „Okay," sagte sie erwartungsvoll, „was habt ihr vor?" Fünfundzwanzig autonome, schwarzge-kleidete, gewaltbereite, militante Linke schauten ertappt wie kleine Kinder zum Boden. Es war an mir, eine Entscheidung zu treffen. Ich entschied mich für die Wahrheit. Alles oder nichts. „Wir wollen das Haus besetzen, zu Beginn meiner Lesung, uns verbarrikadieren, dann eine fette Anlage aufbauen und solange die Innenstadt mit meiner Brandrede traktieren, bis unsere Forderungen erfüllt sind." Sie verarbeitete einen kurzen Moment meine Worte und das, was sie bedeuteten. Nachdem sie Luft geholt hatte, fragte sie neugierig: „Wie lauten denn eure Forderungen?" „Entwaffnung des Planeten. Abschaffung der herrschenden Klasse. Stopp des Raubzugs der Giganten." Wieder holte sie Luft. „Ah, mehr nicht? Und wenn sie sie erfüllen, verlaßt ihr wieder das Haus?" Ja, daran hatten wir natürlich nicht gedacht. Was sollten wir eigentlich tun, wenn sie unsere Forderungen erfüllen würden? „Ja," nickten meine Freunde zustimmend, „dann gehen wir wieder nach Hause." „Aber solange bleiben wir!" war sogleich der kämpferische Nachsatz. Siegrid setzte sich auf einen freien Stuhl und dachte nach. Wir warteten schweigend. Aber so richtig überrascht oder gar ärgerlich erschien sie uns nicht. Im Gegenteil. Sie lächelte und dachte nach. Als hätte sie mit all dem gerechnet, oder zumindest darauf gehofft, daß es zu einem Skandal mit mir kommen würde. Heute, zehn Jahre danach, wenn man nach der Verjährungsfrist die Wahrheit schreiben darf, kann ich sagen, daß das genau ihre Hoffnung war. Sie hatte nämlich ihre eigenen Pläne, und ich war ein Teil davon. An dem Abend warteten wir ungeduldig auf ihr `Okay´, das sie immer sehr markant aussprach, etwas gedehnt und mit einem seufzenden Beiklang. „Okay," sagte sie endlich. „Aber dass niemand verletzt wird! Und schafft bloß das Benzin vom Dachboden herunter!" Dann bat sie uns um ein Bier, um ihre Nerven zu beruhigen. Auch jeder von uns nahm sich eins. Da war eine Entscheidung gefallen. Jetzt waren wir 27 Eingeweihte und tranken auf den Plan. Oder besser: auf die Pläne. Siegrid sagte, dass es tatsächlich an der Zeit sei, dass `etwas passierte´ und fand unsere Idee immer besser. Wir schröpften den Alc-Vorrat an diesem Abend doch reichlich, so dass ich die nächsten Tage fast ausschließlich damit beschäftigt war, Nachschub heranzuschaffen, um ihn aufzufüllen.

Das Verhältnis zwischen mir und Siegrid wurde in den letzten Wochen vor dem `Ereignis´ immer vertraulicher. Seinerzeit ahnte ich nicht, was sie vorhatte und vor allem, was für Gründe sie haben könnte. Nun weiß ich es. Das Benzin holten wir vom Dachboden wieder herunter und lagerten es in der Wohnung. Dort oben war es mir eh etwas unheimlich gewesen. In der Wohnung standen die Notstromaggregate, dort würden wir es brauchen. Hätten wir es doch oben gelassen. Hinterher ist man immer schlauer. Nur wer konnte schon mit Herrn Miesgelds Einsatz rechnen?

Am letzten Abend fand wieder ein kleiner Umtrunk der Kerngruppe statt, auch um die letzten Details zu klären. Sie alle hatten im Laufe des Tages ihren Bezugsgruppen Bescheid gegeben, wann und wo sie sich an den Treffpunkten einfinden sollten. Ein paar von uns wollten draußen bleiben, um sie von dort zum Marktplatz zu bringen. Auch dachten wir, daß ein paar Teilnehmer der inneren Gruppe außerhalb des besetzten Hauses sehr nützlich seien könnten. Viel zu spät gingen wir auseinander, außer Siegrid, sie blieb die Nacht bei mir. Ich muss zugeben, daß ich sehr aufgeregt war, nicht nur wegen dem morgigen Abend. Ich entschied, sie nicht weiter zu fragen, sondern darauf zu vertrauen, dass sie wusste, was sie tat. Sie wusste es. Tatsächlich küssten wir uns in der Nacht.

Am nächsten Tag ging alles ganz schnell. Viel zu spät wachten wir auf, dann wurde es sogleich recht hektisch, so dass wir keine Zeit fanden, die letzten Stunden Revue passieren zu lassen oder gemütlich und in Ruhe den neuen Tag zu beginnen. Nun hatte auch eine neue Zeitrechnung begonnen. Sie teilte sich in ein `davor´ und `danach´; und etwas anderes, nachdem ebenso eine neue Zeitrechnung beginnen würde, raste auf uns zu. Am Nachmittag kamen die Helferinnen, von denen auch ein paar zu uns gehörten, und begannen, den Lesesaal und das kalte Buffet für den Abend vorzubereiten, während im Hintergrund, vor allem in der Wohnung, Freunde damit beschäftigt waren, die Aggregate und die PA vorzubereiten, Kabel zu verlegen, sich alles bereitzulegen, sobald das `Go´ gefallen war. Dabei wurden wir genau beobachtet. Vom zweiten Stock des Untersuchungsgefängnisses her. Den dortigen Zuschauern war inzwischen glasklar, daß etwas vorging, und auch ihre Leute machten sich bereit, falls es eine günstige Gelegenheit geben sollte. Wir waren diesbezüglich etwas sorglos geworden. Innerhalb des Hauses konnten wir uns nach der Einweihung von Siegrid fast frei bewegen und agieren. Wir kamen einfach nicht darauf, daß wir von einer Zelle aus beobachtet wurden. Sie waren nicht einsichtig, im Gegensatz zur Wohnung. Die Fenster wollten wir erst verbarrikadieren, wenn es soweit war. Vorhänge die letzten Monate wären klasse gewesen.

`Präzise ½ Acht´ hatte ich den Beginn der Lesung festgelegt, meine Ehrbezeugung an Karl Kraus. Und schneller als erwartet, war es soweit. Die ersten Gäste kamen, von denen ich einige sogar noch von meiner Uni-Zeit her kannte: Zwei

Professoren mit Gattinnen, mehrere Doktoren und Dozenten mit Anhang, literaturinteressierte Bürger und Bürgerinnen, Herr Miesgeld mit seiner Frau, nennen wir sie Irma, und zahlreiche junge Menschen, von denen die meisten allerdings zu unserer Gruppe gehörten. Der Rest machte sich in der Wohnung und am Eingang bereit, andere holten gerade ihre Gruppen von den Treffpunkten ab. Auch ein Journalist der Lüneburger Zeitung kam in den Lesesaal. Ein echter Idiot. Er hätte die Story seines Lebens haben können, aber nein…

Dann ging es los. Das Chaos begann. Und was für eines! Yeah! Let´s rock them hard.

Präzise ½ Acht kam ich von der Seite her zu dem Tisch vor dem mittleren Fenster, setzte mich allerdings nicht, sondern legte nach einem freundlichen und unverfänglichen ´Schönen Guten Abend´ gleich los, noch mit einer etwas zittrigen Stimme: „Ihr erwartet nun, dass ich mit einer Lesung beginne und das vortrage, was ich die letzten Monate geschrieben habe. Doch ich werde nichts vorlesen, denn ich habe nichts geschrieben." Ein lautes „Ha!" von Herrn Miesgeld war die erste Reaktion auf meine Worte, auch wurde hier und da Gemurmel hörbar. „Aber dafür werde ich etwas anderes tun: Dieses Haus ist von nun an besetzt! Wir werden keine Geiseln nehmen, wir haben keine Waffen und keine Bomben, aber wir werden dieses Haus erst wieder verlassen, wenn unsere Forderungen erfüllt sind." Unruhe kam in den Raum, die Gäste begannen das Gesagte zu begreifen, zumal auf dieses Zeichen hin meine Freunde von allen Seiten her auftauchten: Alle in schwarzen Klamotten und vermummt. Aus der hinteren Wohnung wurden Kabel ausgerollt, die PA-Boxen herausgeholt, das Verbarrikadierkommando machte sich mit dem Baumaterial am Treppenaufgang bereit, neben mir gingen Freunde in Stellung, um den Lesesaal zu räumen, wenn es sein mußte auch unter Anwendung einfacher körperlicher Gewalt, und ich stand immer noch hinter meinem Tisch und redete auf die immer nervöser werdenden Menschen ein: Keine Waffen, keine Gewalt, keine Geiseln, aber…! Herr Miesgeld war der erste, der nicht richtig mitspielte.

Viele gingen sofort, das war ihnen entschieden zu unheimlich. All die Vermummten, die irgendetwas völlig Unvorhergesehenes taten und das, was ich gesagt hatte; die Herde gehorchte soweit ganz gut, nur ging es langsamer als gedacht. Zudem wurde Herr Miesgeld immer lauter, meckerte, beleidigte mich, und wollte nicht gehen. „Sie wollen also tatsächlich freiwillig bleiben?"

schrie ich ihn an. „Ja, ich bleibe!" schrie er zurück. „Freiwillig?" „Freiwillig!" Zum Glück hatten viele sein letztes Wort gehört. Seine Frau wollte ihn zum Mitgehen bewegen, aber er blieb störrisch und schickte sie weg, was sie sich nicht zweimal sagen ließ. Vielleicht hoffte sie auch, ihn nie wiederzusehen. Vor Gericht brachte mir sein `freiwillig´ nachher Bonuspunkte ein. Der Rest war unten durch die Tür verschwunden. Zunächst hatte ich gehofft, daß der Reporter der LZ bleiben würde, er erwies sich im Nachhinein aber als der Jounaillist und Schmierenfink, für den die diese Zeitung bekannt ist: `Heinrich-Heine Haus besetzt. Chaoten-Gruppe beschädigt historisches Ge-bäude.´ Das war fast BILD-Zeitungs Niveau. Herr Miesgeld, Siegrid und ich waren fortan die einzigen Unvermummten in dem Chaos. Meine Freunde begannen sofort, den Aufgang zu verbarrikadieren: Die Türen verschraubten sie mit Holz und Eisenplatten, in den Treppenschacht fielen daraufhin nacheinander die Stühle und Tische, deren Beine sie immer wieder mit dem Stacheldraht verknoteten. Das klappte sehr gut. Die PA-Boxen wurden zu den Fenstern geschleppt, während in all dem Durcheinander Herr Miesgeld stand und meckerte. Er war völlig hysterisch und lief verstört umher, rief immer wieder: „Das könnt ihr nicht tun!" und „Das wird Konsequenzen haben!" (Ungefähr zwanzig mal), und es störte uns zunehmend. Er redete auf Siegrid ein: „So tu doch etwas!!!" Sie lächelte nur, zuckte mit den Schultern und sagte vollkommen ruhig und gelassen: „Was denn?" Er schrie sie an: „Du machst mit denen gemeinsame Sache! Ich habe es geahnt! Das ich mich so in dir täuschen mußte! Du bist die längste Zeit hier die Leiterin gewesen!!" Jetzt eskalierte die Situation zwischen den beiden, denn Siegrid schrie zurück, und sie war deutlich lauter: „Ach ja, da bin ich dann auch ganz froh drum, dann muß ich deine Hand nicht mehr auf meinem Hintern ertragen! Du bist nichts weiter als ein kleines geiles Arschloch, hast mich nur auf diesen Posten gesetzt, weil du Widerling immer nur mit mir ins Bett wolltest! Wenn das hier vorbei ist, werde ich alles Irma erzählen…!!!" Die Erwähnung des Namens seiner Frau ließ ihn nach Luft schnappen, er zappelte hin und her und stieß unverständliche Laute aus: „…ich…! Also…! Nein…! …so etwas…!" Siegrid wartete nur darauf, daß er zuschlug, ich glaube, sie hätte nicht viel von ihm übrig gelassen. Es war an der Zeit einzuschreiten. Ich tippte ihm sanft auf die Schulter, und räusperte in meine freie Hand, um ihm zu zeigen, daß seine Vorstellung nun beendet sei. Zwei Freunde halfen mir dabei, ihn zu packen. Er zappelte unbeholfen, rief nach der Polizei, und das „...nichts und niemand..." ihm das Reden verbieten könne. Doch, es gab da etwas: Drei Lagen Gafferband über seinem Mund geklebt verhinderten fortan sein Gelaber. Wir klebten ihn mit einer ganzen Rolle Band auf einen Stuhl fest. Wir stellten ihn in die Wohnung, dort, wo die Notstromaggregate und das Benzin standen. Das war ein Fehler, aber das wußten wir noch nicht und waren ersteinmal unter uns. Die PA war bereit. Das Fenster, mein Fenster, stand offen und wartete auf mich, wie auch die Menschen auf dem Marktplatz. Die Gäste hatten die Polizei alarmiert, sie kam ersteinmal mit vier Streifenwagen, unsere Gäste waren allerdings auch schon da, dreihundert waren es zunächst, und es wurden schnell mehr.

Dann trat ich ans Fenster. In Seminaren hatte man bis zu vierzig Zuhörer, auf dem Marktplatz standen mehr als vierhundert, die auf das, was nun folgen sollte, warteten. Das Mikro war bereit, dann bekam ich von unseren Technikern das `O.K. ´ und sprach meinen ersten Satz viel zu laut in das Mikrophon, und er ging in einer furchtbaren Ruckkopplung unter und hinterließ Ohren- schmerzen. Wir konnten vorher ja schließlich keinen Soundcheck machen. Regler wurden rauf und runter gestellt, an Knöpfen gedreht und ich bekam ein zweites Mal das Zeichen: „Alle Welt höre meine letzten Worte!" Das klang schon besser. Und laut war es. Sehr laut. Beeindruckend laut. Wie gewollt lag der ganze Marktplatz und die anliegenden Straßenzüge im Wirkungsbereich meiner Worte. Das war ein aufregendes Gefühl. So laut war ich noch nie gewesen. Und alle, auch die, die es nicht wollten, mußten mir zuhören. Während ich William S. Burroughs zitierte, nagelten Freunde die hinteren Fenster und die Dachluken zu. Das Haus gehörte uns. „Hört her, Behörden Syndikate und Drahtzieher hinter schmierigen Geschäften, die in irgendwelchen Latrinen getätigt werdenund euch etwas sichern sollen, was euch nicht zusteht. Geschäfte, in denen ihr den Boden unter den Füßen der noch Ungeborenen verschachert. Hört her. Was ich zu sagen habe, richtet sich an alle Menschen, überall. Ich wiederhole: An alle. Ohne Ausnahme. Ich mache es umsonst für alle, die zahlen müssen. Alle, die für ihr Dasein mit Schmerzen zahlen müssen.! (Es folgte eine kurze, rethorische Pause) Wir haben keine Waffen. Wir haben keine Bomben. Wir haben keine Geiseln. (Was ja nicht ganz stimmte, denn Herr Miesgeld klebte immer noch auf seinem Stuhl in der Wohnung und zappelte wild umher, aber so war nun einmal mein Text.) Aber wir werden dieses Haus erst wieder verlassen, wenn unsere Forderungen erfüllt sind: Entwaffnung des Planeten! Abschaffung der herrschenden Klasse! Stop des Raubzugs der Giganten!" Spätestens mit der Nennung unserer Forderungen sollte es allen Nappeln und vor allem der Polizei klar gewesen sein, dass es sich hierbei um eine Kunstperformance handeln würde. Unsere Freunde jubelten auf dem Platz, und es wurden immer mehr. Jetzt war es an der Zeit nachzulegen, nicht aufzuhören. Es war laut, und ich begann, mich in Rage zu reden fuhr noch etwas mit Burroughs Text fort und ging dann zu meinen eigenen Worten über. Inzwischen wusste die halbe Stadt, auch die Gefangenen im Knast neben uns, daß auf dem Marktplatz etwas los war, was nicht normal war. Ich hatte mir Stichworte gemacht und meckerte mich durch meine Notizen hindurch. „Nichts ist wahr. Alles ist gelogen! Nichts ist wahr. Alles ist erlaubt!" Gegen den überwachten, betonierten Zoo, gegen das System, das uns versklavt und den Planeten zerstört, gegen Unterdrückung, gegen, gegen, und immer wieder gegen. Eine Fundamentalkritik. Kein gutes Wort für nichts. Das Auskotzen von dem, was man hier jeden Tag fressen musste. Dem, was mich mit der Menschenwelt verband, dem Ekel und dem Abscheu, mit jedem Satz Ausdruck verleihen. „Gefangene der Erde: Kommt heraus!" Die Polizei begann, an der Tür zu rütteln, denn sie musste etwas tun, da die Spießerruhe empfindlich gestört war. Es war inzwischen dreiundzwanzig Uhr, und wir waren seit nunmehr fast zwei Stunden dabei. Verstärkung rückte an, auch Krankenwagen kamen und die Feuerwehr. Um Mitternacht, ich war gerade dabei, jeden einzelnen Menschen anzusprechen, daß es an ihm liegen würde, auf welcher Seite er im Drachenkampf stehen würde, kamen sie endlich darauf, uns den Strom abzustellen. Na, das hatte ja gedauert. Ich trank ein Bier, fünf Minuten später lief das erste Notstromaggregat an, und unser Programm konnte weiter gehen. Ich wiederholte unsere Forderungen, danach lösten mich zwei Freunde ab und rapten ihre Songs, während die Polizei auf einmal wieder heftiger an der Tür zu rütteln und zu arbeiten begann. Die Musik gefiel ihnen also auch nicht. Aber eine Tür aus dem 16. Jahrhundert konnten sie nicht einfach aufsägen oder aufsprengen. Ein Wasserwerfer und Räumpanzer fuhren auf, doch 300 Schwarze und mindestens tausend Sympathisanten verhinderten vorerst deren Einsatz. Die Polizei spielte den Spielverderber und wollte zunächst die Situation auf dem Marktplatz unter ihre Kontrolle zwingen, was ein totales Durcheinander und aufkeimende Straßenschlachten provozierte und sie erreichte nur das Gegenteil. Das alles begleitete von mir als hämischen Kommentator. Sie mußte sich sogar wieder aus dem Haus zurückziehen und auf Verstärkung warten. Die war auf dem Weg. Aus Hamburg. Am Liebsten hätten sie mich wahrscheinlich einfach abgeschossen. Ich stand in dem erleuchteten Fenster im ersten Stock (das Licht kam von einer Scheinwerferbatterie der Bundespolizei. Wir hatten ganz vergessen, an einen Außenscheinwerfer zu denken. Wie gut, daß die Polizei mitdachte. Man hätte mich dort sonst gar nicht sehen können, schließlich wollte ich Tag und vor allem diese Nacht reden) und redete und meckerte und schrie und zeterte. Ein leichtes, ein lohnendes Ziel wäre ich da oben gewesen. Dann wäre endlich Ruhe gewesen. Aber sie schossen nicht, vielleich weil das Fernsehen auch schon da war. Schon am ersten Abend schafften wir es in die Spätausgabe der Tagesschau. Auch die nächsten Tage war von uns noch die Rede. Dieser Teil des Plans funktionierte.

Um zwei Uhr war die übermüdete Verstärkung eingetroffen. Sie hatten sich am Abend mit Hooligans am Hauptbahnhof in Hamburg geprügelt. Nun riegelten sie den Marktplatz ab. Ihre Anweisungen gingen in meinem Gemecker unter. Unsere Anlage war lauter. Ab und zu wandten sie sich auch an mich, daß ich eine Polizeimaßnahme stören würde. Ich antwortete, sie dagegen würden eine Kunstaktion stören und wiederholte unsere Forderungen: Entwaffnung des Planeten! Abschaffung der herrschenden Klasse! Stop des Raubzugs der Giganten! Bei den braven Bürgern warb ich um Verständnis für die Ruhestörung. Wenn unsere Forderungen erfüllt seien, wären wir still, und außerdem: Was seien schon ein paar schlaflose Nächte oder meinetwegen Wochen im Verhältnis zu dem, was erreicht werden sollte? Zunächst geschah sehr wenig, denn sie warteten auf noch mehr Verstärkung. Die ganze Stadt war in Aufregung. Nachzügler unserer Gruppen trafen ein, Schaulustige aus den Kneipen, Sympathisanten und Gegner, die zusammengenommen ein Chaos verursachten, dazu immerfort meine Spott- und Brandrede wider dieser Menschenwelt. Stundenlang. Irgendwann begann es heller zu werden.

Was hinter mir im Haus ablief, bekam ich kaum mit. Herr Miesgeld war nach langem Zappeln ruhiger geworden, sie hatten ihm wegen dem Motorenlärm zudem etwas Watte in die Ohren gestopft und ein Fenster wieder geöffnet, damit die Abgase entweichen konnten, die Aggregate liefen abwechselnd, die Barrikaden wurden fortlaufend verbessert und der Biervorrat gelichtet, während sich Siegrid und ein paar andere um die Versorgung der Besetzer kümmerten. Und schon gar nicht ahnte ich etwas von der Unruhe im zweiten Stock in einer Zelle des Unter-suchungsgefängnisses. Deren Freunde waren auch bereit. Auch die Polizei. Alle warteten nur auf eine Gelegenheit. Herr Miesgeld verschaffte sie ihnen. Am frühen Morgen kam alles gleichzeitig: Noch mehr Verstärkung war eingetroffen und Spezialkommandos hatten sich am Haus postiert und Herr Miesgeld kippte mit seinem Stuhl um, nachdem er einen Benzinkanister umgetreten hatte. Der Verschluss schlug gegen eine alte Aufputzsteckdose, beschädigte sie, und während Benzin auszulaufen begann, berührten sich im Inneren zwei Kabel, die sich nicht hätten berühren sollen, und falls doch, so hätte der FI-Schutzschalter der Sicherung herausspringen sollen. Er tat es aber nicht. Der unsprichwörtlich übliche Pfusch am Bau. Die Polizei startete währenddessen ihren Angriff mit Wasserwerfern auf die Menge und spritzte sie nass. Als meine Freunde Herrn Miesgeld wieder aufrichteten, fing das Benzin Feuer. Geistesgegenwärtig schleppten sie den Festgeklebten heraus und begannen zu löschen, während andere schnell die Holzplatte von dem Fenster abschraubten, das zum Gefängnishof hin zeigte und die Benzinkanister rausschmissen. Die Kanister flogen auf die Köpfe eines Sonder-Einsatz-Kommandos, das sich dort unten postiert hatte und mit Leitern das Haus entern wollte. Einer war so nervös, daß er eine Blendgranate abschoss, und sofort fing das Benzin Feuer. Mindestens zwanzig Kanister. Sie konnten alle heil entkommen. Schwarzer Rauch stieg vom Gefängnishof her auf und verursachte eine gewisse Unruhe. Die auf dem Marktplatz Verbliebenden bekamen derweil eine kühle Dusche ab und Steine flogen. Ein Wasserwerfer kam alsbald in Schussweite des Fensters und auch ich bekam etwas ab, ging neben der Fensteröffnung in Deckung und redete weiter. Auch aus der Wohnung quoll schwarzer Rauch, was aber gefährlicher aussah, als es war, und es roch nach brennendem Benzin. Der ganze Innenhof brannte großflächig, im Knast ging der

Alarm an, und er mußte geräumt werden. Vier Gefangene fehlten danach, ihre Komplizen waren wohl als Polizisten verkleidet gewesen. Zwei fingen sie wieder ein, von den beiden Russen fehlt bis heute jede Spur. Von all dem bekam ich fast nichts mit. Ich redete und redete wie im Rausch, trotz Rauch und Unruhe und Gestank und Sirenen und Wasserwerfereinsatz und Steinen, war schon ganz heiser, und eigentlich komplett raus, nicht mehr ansprechbar, dann war das Benzin im Aggregat alle und die Reservekanister brannten im Hof. Es wurde abrupt still. Der Teil der Aktion war vorbei. Jetzt war die Polizei am Zug. Und der kam. Sie brachen die Tür vor dem Treppenaufgang auf, was sich im Nachhinein als völlig sinnlos erwies, da sie die Treppe eh nicht hochkamen, aber gleichzeitig, stürmten sie über Leitern durch die Fenster der hinteren Wohnung hinein, und vor mir tauchte eine Drehleiter auf, von der aus mich vier Polizisten bedrohten. Ich schrie sie an, doch ohne 10000 Watt Verstärkung klang meine Stimme nach neun Stunden reden doch recht kläglich, und es beeindruckte sie überhaupt nicht. Sie kamen näher und dockten vor mir am Fenster an. Ich ging zurück und sie traten ein und nahmen mich fest. Wir bildeten einen Kreis im Lesesaal, während von allen Seiten Polizisten auf uns zukamen. Es dauerte aber noch fast eine Stunde, bis der Eingang freigeräumt war, dann erst wurden wir abgeführt. Die Besetzung war beendet, die Nachspiele konnten beginnen.

Nun, auf meiner Insel bin ich tatsächlich gelandet. Siegrid hat sich scheiden lassen und wir leben hier gemeinsam, von ihrem Geld. Ich schreibe zwar meine Bücher, aber deren Erfolg ist bescheiden, vielleicht sind sie ja auch einfach nicht gut. Solange die Gefangenen noch herumliefen kamen wir immer wieder in den Nachrichten, wurden unterschwellig für deren Flucht schuldig gemacht. Vor allem die beiden gefährlichen Russen (Russen waren laut Zeitung immer gefährlich), machten ihnen Sorgen, sie werden sich allerdings ins tiefste Russland abgesetzt haben oder sind immer noch in Lüneburg, egal, sie sind unauffindbar. Auch die Schäden, die wir und die Polizei im Haus hinterlassen haben, wurden mir angelastet, klar. Die Richter jedenfalls ließen sogenannte Milde walten, (ein kleines Lob auf die winzige letzte Freiheit: die der Kunst) und obwohl sich der Richter und Herr Miesgeld kannten, gab auch er klein bei. Siegrids Drohung, mit seiner Frau zu sprechen, wirkte nach. Scheinbar hing sein Status doch sehr von ihr ab. So verlief alles tatsächlich glimpflicher, als ich nach dem ganzen Chaos befürchtet hatte.

Ich habe also im Wesentlichen erreicht, was ich erreichen wollte. Die Heinrich-Heine-Haus Besetzung war nicht umsonst gewesen. Schade war eigentlich nur, daß die Wirkung meiner Worte nicht lange anhielt, und dass unsere Forderungen nicht erfüllt wurden. Aber wir hatten uns ja auch eh nie wirklich auf Verhandlungen einlassen wollen.

Kübel-Geschichten

Kübelwagen: VW 181. Militärische Ausführung des VW Käfers.

Die ganze Geschichte ist jetzt 25 Jahre her, also darf ich sie erzählen.

Es war in Köln, wie hatten einen Haschtee getrunken. Nichts Besonderes eben. Wir waren jung und taten das, was tausende vor uns getan hatten und wie es tausende nach uns tun werden.

Ja, aber die Dosis war schon recht hoch.

Mein Auto war zu der Zeit ein Bundeswehr-Kübelwagen, Baujahr 1971. Wir waren zu dritt und fuhren mit offenem Verdeck durch die Stadt.

Mein Kübel hatte den Original Bundeswehr-Anstrich: Mattes Nato-Oliv. Ich war mal auf der B4 von Braunschwein Richtung Uelzen in eine Radarfalle der Polizei geraten: Ein Iltis vorneweg, danach drei Unimogs mit Anhänger und hintendran: ich. Mit einem Hanfblatt auf meinem hinteren Nummernschild. Und hinter mir ein weißer Mercedes. So fuhren wir als Konvoi mit 80 in die Ortschaft, in irgendsoein verlorenes Kaff an der Straße. Ich hatte den Blitzer nicht gesehen, der scheiss Unimog vor mir versperrte mir die Sicht. Was der Mercedes-Fahrer dachte, weiß ich nicht, ahne es aber, er jedenfalls wurde am Ende des Ortes von der Polizei herausgewunken und angehalten. Bundeswehr fährt durch! Jawoll!

Ein halbes Jahr später stand ich am Heck meines Autos und schaute erwischt nach unten. Der Polizist zeigte auf das Hanfblatt auf meinem Nummernschild und sagte: „Das Kfz-Kennzeichen ist ein amtliches Dokument und darf nicht beklebt oder sonstwie verändert werden. Entfernen sie diesen Aufkleber!" Ich zog ihn ab, klebte ihn (grün auf grün) neben das Nummernschild und der Polizist sagte: „Gute Weiterfahrt!"

In Köln begann der Tee zu wirken. Köln? Warum ausgerechnet Köln? Die Nacht zuvor waren wir halluzinierend auf Stropharia-Cubensis-Pilzen in einem Park inmitten von dichten Büschen in einen Schwulentreffpunkt geraten und wunderten uns nur, warum uns aus dem blinkenden Gestrüpp überall halbnackte bunte Männer anschauten. Den Tag hatte ich dann mit einer satten Stadt- und Menschen Paranoia schweigend, stundenlang still und tonlos im Flur gesessen, sagte mir: „Sinnspruch für Paranoiker 1: Allein die Tatsache, dass du nicht paranoid bist, heißt noch lange nicht, dass sie nicht auch hinter dir her sind!" und „Sinnspruch für Paranoiker 2: Du versteckst dich. Sie suchen." Der dritte fiel mir nicht mehr ein.

Morgen wollte ich nach Hause fahren, 300 Kilometer durch das Land gen Osten, um in Braunschweig beim Messeaufbau zu jobben, mit einem türkischen Vorarbeiter, der wie Saddam Hussein aussah, aber in München aufgewachsen war.

Sonntagmorgen fuhr ich los, doch nach 20 Kilometern riss mir in der Stadt der Gasseilzug. Ich hielt an, klemmte den Vergaser mit einem Draht auf dreitausend Umdrehungen fest und fuhr zurück in die Straße, in der meine Freunde wohnten. Ich fand keinen Parkplatz und stellte mich sicherlich etwas unglücklich vor einem ersten Auto einer langen Parkschlange, so ungefähr ein bißchen über den Rand in die große Kreuzung hinein, ging hinauf in die Wohnung, und während ich von meinem Erlebnis erzählte, rauchten wir mehrere Wasserpfeifen: Den Job konnte ich vergessen und ich übte mich in Schicksalergebung.

Dann telefonierte ich und fand eine Tankstelle mit angeschlossener Werkstatt, die den Seilzug liegen hatten. Ich lief los, sagte meinem Auto noch, dass ich wiederkommen und ihn reparieren würde, und dass wir bald diese Stadt verlassen würden. So lief ich los. Drei Stunden später kam ich zurück, stolz zeigte ich dem Wagen das

Ersatzteil, doch bevor es losgehen sollte, ging ich wieder hoch in die Wohnung, wir rauchten noch ein wenig, und als ich hinunter ging, war dort, wo mein treuer Kübel stand, eine Lücke. Abgeschleppt. Am Sonntag.

Später sagte mir der Polizist auf der Wache: „Sie hätten nur ein Schild in den Wagen stellen sollen. Wenn wir gewußt hätten, das sie eine Panne haben, hätten wir sie nicht abschleppen lassen." Wer kommt schon auf sowas naheliegendes? Dafür war ich viel zu breit, mich interessierten die großen, weltbewegenden Gedanken und Themen, und ich stand mit meinem Gasseilzug vor ihm am Tresen. Sie teilten mir die Höhe der Abschleppgebühren mit. „Äh, so teuer ist abschleppen? Aber ich kann das jetzt nicht bezahlen. Äh, schicken sie mir eine Rechnung?" Und sie waren echt nett: Ich durfte zu meinem Auto, sie ließen mich und meinen Kumpel auf den kameraüberwachten, mit einer Mauer umgebenen Parkplatz, und ich reparierte unter den Augen der Polizisten mein Auto. Und sie ließen uns fahren. Auf Rechnung! Drei Jahre später hatte ich die letzte Rate an die Stadt Köln bezahlt.

Zur Feier des Tages tranken wir den Tee.

Langsamer Beginn. Ich konnte immer noch gut fahren, jedenfalls bildete ich mir das ein, aber hey!

– die Tatsache, dass ich das hier jetzt erzählen kann, zeigt doch, dass ich und viele Lebewesen in meiner Umgebung diese Stunden mit mir durchaus überlebt haben, abzüglich natürlich jener Mikroorganismen, die ich über den Luftfilter meines Boxermotors in den Vergaser gesaugt, mit Benzin durch eine Düse gesogen, in einer Brennkammer verdichtet und mit einem Funken zur Explosion gebracht hatte. Aber ansonsten sind alle wohlauf, wenn sie nicht durch andere Umstände jenseits meines Rausches und Zuständigkeitsbereichs zu schaden gekommen sind.

Die nächste Phase begann. Ich fuhr langsamer. Das Körpergefühl begann sich zu ändern, im Magen wurde es warm, der Mund trocknete aus. Und das erste Mal den Gedanken gespürt: „Oh! Was, wenn es zuviel war?"

Dann dirigierte der trockene Mund die Gedanken (wir Affen denken mit dem Bauch!). In den 70er nannte man das die Munchis, schon damals wurde ihnen mit schleimiger Kost entgegen getreten: Pudding, Schokolade, auch salzige Sachen, aber bloß nichts trockenes, ein Brot, oder besser: ein zwei Tage altes Fladenbrot waren nicht essbar, es sei denn, man hatte ausreichend Zaziki, im Verhältnis zwei zu sieben, versteht sich.

Meine Mitfahrer entschieden, dass ich am nüchternsten sei, und die Besorgungen erledigen sollte, schließlich fahre ich ja auch noch (Augezeichnet würde ich fahren, sehr gut! wie sie mir versicherten)

Zu McDonalds? Nee, da gibt es für uns nichts außer Pommes. Und vielleicht ne Apfeltasche. „Nee, bloß nicht, ich habe dort vor ein paar Tagen einen Hamburger gegessen, und als ich ein paar Stunden später aufm Klo war, und ihn wieder ausgeschissen hatte, roch die ganze Toilette original nach McDonalds Hamburger! Ohne Scheiss!"

Ein türkischer Imbiß sollte es sein. Wir hielten vor einem Schaufenster, das von einer nackten, kalten Neonröhre beleuchtet wurde. Während ich allmählich feststellte, dass ich schon bald die immer fremder anmutenden Instrumente, Hebel und Schalter vor mir und somit auch das gesamte Fahrzeug nicht mehr in der Lage sein würde, zu bedienen und in Bewegung zu versetzen, diktierten sie mir ihre Bestellungen: Drei Schafskäse-Döner, ein Fladenbrot, eine Portion Zaziki, aber nicht die kleine Schale, wennse haben, eine große, sonst zwei kleine, eine Cola, zwei Cola, ich möchte keine Cola, lieber eine Sprite, und was willst du, weiß ich gerade nicht, halt nein, doch keine Sprite, eine Mezzo-Mix, hast du Geld? Nein nicht genug, hier, ich habe noch was, kannst du mir was auslegen? Ob sie wohl diese Röllchen, haben, in denen Schafskäse ist. Wie heißen die nochmal. Börek? Ja, ob sie die wohl haben? „Und denk an die Döner!" - ... und ich stieg aus.

Das tolle an dem Tee war, wie es Hunter S. Thompson in seinem Roman `Fear and Loathing in Las Vegas´ beschrieben hatte: Man beobachtete sich dabei, wie man nicht funktionierte. Und man konnte nichts dagegen tun.

Wie hell es dort drinnen war. Eine Sonnenbrille wäre jetzt das Richtige gewesen, doch was würde dann der Mann denken, der sich mit seinem fettriefenden Dönermesser vom Fleischspieß umdrehte, wobei ich in diesem Moment schon gar nicht mehr wußte, wie ich bis zu seinem Tresen gelangt war, und er mich in Erwartung einer Bestellung anschaute. Ich versuchte mich zu erinnern, weswegen ich hier hinein gegangen war. Glücklicherweise wiesen mir die Munchis den Weg: Essen. Ja, ich war hier, um etwas zu essen einzukaufen. Jetzt fiel es mir wieder ein. Es boten sich mir nun mehrere Möglichkeiten an, die Liste abzuarbeiten. Ich entschied mich für folgende Vorgehensweise: Ich würde die Essenliste von hinten her aufrollen, praktisch beim Unwichtigsten beginnen, und mich dann, mit zahlenden Zwischenschritten, um nicht das Budget zu überreizen und dann etwas bestellt zu haben, was ich nicht mehr würde bezahlen können, mich also zum Edelsten hinaufzubestellen, danach die gleiche Vorgehensweise bei den Getränken. Das hielt ich für einen guten Plan. Unter den gegebenen Umständen hatte er zumindest den unbeschreiblichen Vorzug, dass er die Götter auf jeden Fall zum Lachen bringen würde. Ihr anhebendes Gelächter spürte ich in einem immer schwerer zu kontrollierenden Grinsen und Kichern.

Ich bestellte unter Zuhilfenahme jeglichem mir noch zur Verfügung stehendem Ernst zwei Fladenbrote (die vom Typ zwei-Tage alt, extra trocken) und eine kleine Portion Zaziki. Er hatte das ganz kleine Schälchen genommen. Das wollte ich nun ersteinmal bezahlen, um meinem Plan zu folgen und legte Geld auf die Glasplatte. Cool bleiben, dachte ich. Du schaffst das schon. Ernst bleiben. Jetzt bloß nicht Lachen. Der Dönerfachverkäufer, der bei genauerem hinsehen auch wie Saddam Hussein aussah, zählte das Geld vom Tresen und nahm die Münzen auf, eins, zwei und auf einmal, platsch, fiel ihm die letzte

Mark in den Zazikibottich, verfolgt von zwei Augenpaaren, den ganzen langen Flug hinweg, wie die Münze aus seinen öligen Fingern entglitt, sich anmutig im freien Fall sanft drehte, und in der weißen Masse mit den grünen Punkten verschwand. Blubb. In diesem Moment sackte ich vor dem Tresen lachend in mich zusammen. Im letzten klaren Moment nahm ich die Plastiktüte mit meinem erworbenen Essen und rannte gebückt und wiehernd hinaus.

Meine Freunde schauten mich nur ungläubig an, als ich zu ihnen ins Auto sprang, und noch ungläubiger begutachteten sie den Inhalt der Tüte, während ich ihnen keuchend von meinem Erlebnis erzählte und losfuhr. „Da geh´ ich nicht mehr rein. Macht ihr das doch!"

Erstaunlicherweise konnte ich auf einmal wieder Autofahren, einfach weil ich nicht darüber nachdachte, wie es eigentlich ging.

Wo wir wann ankamen, ist nun aber eine andere Geschichte.

Mein Therapeut riet mir...

...das Ganze mal aufzuschreiben. Er meinte, es könnte mir helfen.

Nun ja.

Es hätte mein Tag werden sollen.

Auf dem Weg ins Büro hatte ich noch mit meinem nagelneuen AUDI A6 an der Tankstelle angehalten, 50 Euro in den Automaten gesteckt und hatte für 50 Euro und einen Cent Sprit bekommen! Ein Tankautomat! Da war ich mir ganz sicher, daß dies mein Tag werden würde. Zumal ich auch noch am Vormittag einen Termin mit dem alten debilen Herrn Meyer hatte, der sein vieles Geld gewinnbringend anlegen wollte. Da war er bei mir an der richtigen Adresse: Wenn sich seine Kohle vermehren würde, ist der doch schon lange unter der Erde und die Provisionen habe ich dann schon längst auf meinem Konto. Schließlich habe ich nicht mein ganzes Leben lang Zeit, um meinen Profit aus dem ganzen Scheiß hier herauszuziehen: Das muß jetzt passieren...

Erst gestern hatte ich den neuen AUDI vom Händler abgeholt, konnte ich mir ja jetzt leisten, Sondermodell mit allen Extras, und natürlich: tiefschwarz mit getönten Scheiben. Kennzeichen:

SD 18! SS 18 wollten sie mir nicht geben, aber was der SD war, wußten sie natürlich nicht mehr. Und von wegen dieser ganze Quatsch nach dem Krieg mit `Auto-Union´ oder so etwas: Heydrich, alle vom RSHA und der Gestapo fuhren schwarze Horchs. Die Befehlsform des lateinischen Wortes `auditere´ -`horchen´ heißt `audi´! Man hat so seine Überzeugungen, leider muß man sich damit heutzutage etwas zurückhalten, man ist ja nur noch von grünen Gutmenschen umgeben, die die ganzen Ausländer in unser Land lassen, und dem Hartz IV Bodensatz mit meinem Geld durchfüttern! Sollten mal arbeiten gehen. Ich weiß, wie das geht, und der Erfolg gibt mir schließlich recht: Wenn man etwas will, dann schafft man es auch.

Der Wagen fuhr einfach nur geil. Oh, was für ein Gefühl, wenn ich das Gaspedal runterdrückte. Orgastisch! Der getunte Motor leistet über 300 PS. Ich hoffe, daß die hier mal bald mit der Autobahn anfangen, dieses Gekurve nervt schließlich.

Ich hatte einen Karton mit ein wenig Altglas im Kofferraum, wollte die Flaschen mal eben noch in den Container hinter dem Supermarkt werfen und dann weiterfahren.

Autoschlüssel haben nur noch die Nappels. Ich habe einen Stick, den ich in einen Slot stecke, alles vollkommen computergesteuert, mit touchscreen und Ipad-Anschluß undsoweiter. Und wenn ich mich drei Meter von meinem Auto entfernt habe, dann schließt es sich von selbst ab, wenn ich mich mit dem Schlüssel nähere, öffnet es sich automatisch. Die meisten Typen denken immer noch an Fortschritt, wenn sie per Knopfdruck ihre Blechkisten auf- und zumachen.

Den Metallring von meinem Stick schob ich mir über meinen Mittelfinger und begann, die Weinflaschen in den Container zu werfen. Ein paar Wespen flogen auf, hatten wohl ihr Nest dort drinnen. Scheiß Viecher, wann sterbt ihr endlich aus, euch braucht doch eh keiner! Aber was für süße Erinnerungen: Ein Flasche Chateau-Neuf-du Pape von 1997. 740 Euro hatte sie mich gekostet, der Wein und die Nacht mit dem süßen Mädchen waren echt wundervoll, na ja, aber mehr als eine Nacht hätte ich die auch nicht ertragen, aber wie man mit einem echten Schwanz umgeht, wußte sie wenigstens schon. Ich erinnerte mich an die geile Sause in Budapest, wo unsere Firma ein Luxushotel für ein langes Wochenende gemietet, die besten der besten Vertreter, selbstverständlich auch mich, eingeladen und uns 30 Nutten spendiert hatte, ja, das war geil gewesen. Gutes Koks hatten sie da unten auch. Echt schönes Wochenende...

Ich warf die Flasche hinein, und plötzlich war mein Stick weg, er flog hinter der Flasche her in den Container hinein. `Klick´. Mein Auto schloß sich ab. Scheiße, was sollte das denn jetzt! Ich hörte, wie er zwischen dem Glas noch etwas tiefer rutschte. Ich griff hinterher, da stach mich eine Wespe in die Nase. Scheiße tat das weh. Ich schrie auf und taumelte bis zu meinem Auto zurück, meine Nase fing zu pochen an, Wogen von Schmerz breiteten sich in meinem Gesicht aus, während sie merklich anschwoll. Ich merkte dabei gar nicht, wie auf einmal ein LKW neben den Glascontainern hielt, zwei Türken oder was weiß ich stiegen aus, und während mir die Augen unter meinen Händen tränten und zuquollen, hörte ich: „Mach dich mal aus Weg, wir brauchen Container! Arbeiten, du verstehen?"

„Mein Schlüssel ist da drin!" rief ich, „nen scheiß Türke fährt nicht mit meinem Auto-schlüssel weg!"

„Hey Typ, bleib geschmeidig, ja! Ich bin Syrer! Kein scheiß Türke!" Er rief zu seinem Kollegen: „Hey, Hakim, kain mushkill jalla zirr faszista" „Faszista? Chäda et temänn chali allia? Ne quassli schwjiejech!"

Der andere kam sofort auf mich zu, so ein zwei Meter Schrank, Glatze, drückte mich gegen mein Auto: „Ey, jetzt pass mal auf, wenn du nicht schon so eine gequollene Fresse hättest, dann bräuchtest du jetzt nen Krankenwagen, um nach Hause zu kommen. Chef zahlt uns nicht fürs labern, ja? Wir entleeren Container, jetzt, klar?" Erst da merkte ich, daß sich mein ganzes Gesicht wie ein aufgegangener Hefeteig anfühlte und nur noch aus einem Schmerz bestand. Meine Augen waren nur noch kleine Schlitze, ich sah schemenhaft, wie der Kran herüberschwenkte und den Glascontainer anhob. Als er über uns schwebte machte mein Auto `Klick´ und öffnete sich. Ich tastete schnell nach dem Türgriff und verzog mich ins Innere. Scheiß Ausländer! Wer hatte die denn ins Land gelassen? Gab es denn keine anständigen Deutschen mehr bei der Müllabfuhr? Das Glas und mein Stick rauschten in den LKW, sie stellten den leeren Container wieder ab, und als sie anfuhren, machte es `Klick´: Mein Auto schloß sich mit dem davonfahrenden Stick wieder ab, ich war gefangen...

Scheiß-was-weiß-denn-ich! Als mein Auto `Klick´ machte dachte ich noch keinen Moment daran, ob sich die Türen auch von innen öffnen lassen würden. Davon ging ich aus. Eine Woche später sagten sie mir in der Werkstatt: „Computerfehler": Mangelhafte malayische Chips in der Bosch Regelelektronik vertragen sich nicht mit dem

Südkoreanischen billig-Schrott von Siemens, wobei die Süd-Koreaner, um Geld zu sparen, in Nord-Korea fertigen ließen. Und das in einem teutschen Auto! Aber davon wußte ich noch nichts. Ich war mit meiner pulsierenden Nase beschäftigt. Die Schmerzen wurden immer schlimmer, hatten den ganzen Kopf erfaßt, mein Nacken wurde steif und die schwarze Lederinnenwelt begann sich zu drehen. Ein klarer Angstgedanke schoß mir durch den Kopf: Wespenallergie! Auf einmal fühlte ich mein Ende nahen, mein Kreislauf würde zusammenbrechen, das Herz würde aussetzen und ich würde in letzten Verkrampfungen in meinem Auto elendig sterben! Warum ich? Ich habe doch noch so viel vor! Ich bin doch noch jung! Warum nicht irgend so ein Idiot, um den es nicht schade wäre? Erst da merkte ich, dass ich nicht einmal mehr aus meinem Auto herauskommen würde. Ich zog am Türgriff – die Tür öffnete sich nicht. Klaustrophobische Panik ergriff mich: Ich werde auch noch ersticken! Mein Atem ging stoßweise durch den Mund, mein Nase war zu, wo ist bloß mein IPad? Ich fand es nicht, aber merkte den eigenartig süßlichen Chemiegeruch auf dem Gaumen und der Zunge: Irgendwelche bestimmt chinesischen Plastikausdünstungen entwichen aus der Armatur, aus den Schaumstoffen, aus den Fußmatten, aus der Innenverkleidung, um mein Gehirn zu erweichen: Nein, bitte nicht: Ich werde auch noch als sabbernder Idiot enden! Lösungsmittel und Weichmacher folgten, getränkt mit Östrogenen, die in bunten Blasen, rote und blaue, durch die Hülle um mich herum einzig auf mich zuströmten, mir meinen Hormonhaushalt zu verwirren: Oh Gott! Ich werde eine Frau und keinen mehr hochkriegen können! Panik!

Meine letzte Hoffnung, meinen IPad, fand ich auf einmal, aber ich konnte ihn nicht mehr bedienen: Mein Finger waren größer als mein Kopf, aufgedunsen wie dicke Würste, - jedenfalls kam es mir so vor. Warum mußten sie diese Dinger auch immer so klein bauen? Aber in ein Handy mit Rentnertastatur hätte ich nicht einmal mehr den Notruf eintippen können.

Nur noch schemenhaft nahm ich die Vorgänge außerhalb meines Autos wahr. Wie ich die Sache später rekonstruieren konnte, hatte mich ein Rentnerehepaar entdeckt, sich Sorgen gemacht und den Leiter des nahen Supermarktes gerufen. Der aber wußte mit mir windenden Elend auch nichts anzufangen und rief den Notarzt. Der Arzt konnte den Wagen nicht öffnen und rief die Polizei. Auch die Polizisten konnten die Türen nicht öffnen, klar, und riefen den ADAC und da ein `Gelber Engel´ gerade in der Nähe war, warteten sie noch damit, eine Scheibe einzuschlagen. Der ADAC-Typ war eine Niete. Er probierte es unbeholfen mit seinen Luftkissen, verbog dabei den Rahmen der Tür, stocherte mit einer Eisenstange am Dichtungsgummi der Scheiben herum, zerdrückte die Dichtung und zerkratzte den Lack und schaffte es dennoch nicht, so daß die Polizei dann doch die kleine Scheibe der Beifahrertür einschlug, woraufhin die Alarmanlage in schrillem Ton lossschlug.

Von all dem bekam ich rein gar nichts mit.

Ich schwamm in einem gelblich-schleimigen Ozean, mir waren Brüste gewachsen, mein geliebter Schwanz war abgefault und während er an mir vorüberzog beschimpfte er mich hämisch lächelnd als den letzten Idioten. Instinktiv wußte ich in diesem Moment: Er würde nie wieder funktionieren! Oh Gott! Der schlimmste Alptraum, schlimmer als der Tod: Funkstille im Bett, weder mit Aminosäure L-Arginin, Viagra noch einem Psychodoc jemals zu heilen. Er berichtete mir ruhig, sachlich und sehr überheblich von all dem Leid, den ich in meinem kurzen Leben den Frauen zugefügt hatte und verriet mir ein kleines Geheimnis: Berührungen verbleiben nicht an der

Oberfläche der Körper, sie wirken tief hinein in die seelische Sphäre und richten dort langwierige Schäden an. Wenn mein Leben im nächsten Koks- und Sexrausch vergnüglich weitergeht, leiden andere noch viele Jahre unter meinen Taten… Das sei nun die karmische Keule, der Bumerang. Mein Schwanz sagte Danke für die Aufmerksamkeit, und verabschiedete sich für immer.

Dann zogen sie mich aus meinem Auto heraus.

Zeitgespräche

Eine Farce

Vorwort
Dieses `Interview´ erlaubt einmalige Blicke hinter die verborgenen Kulissen des Kulturvereins Raum2 e.V. im Wendland.
Bei der im Text erwähnten Mauer handelt es sich um eine Stützmauer, die einen Hang und das darauf befindliche Nebengebäude vor dem Abrutschen bewahrt, es geht leider nicht um den antifaschistische Schutzwall, den es wieder zu bauen gilt. Denn geteilte Einheit ist und bleibt doppelte Einheit!
Der erwähnte Marcel Pascal ist berühmt, berüchtigt und unvergessen weit über den Raum2 hinaus mit seinem Hit: Du bist alles für mich.

- Radiomoderator, entspannt, sonore Stimme: Einen wunderschönen guten Abend wünscht ihnen, werte Hörerinnen und Hörer, ... für sie am Mikrofon in der Reihe Zeitgespräche grüßt sie ihr Ralf Stegen
Heute Abend ist bei mir Herr El Presidente vom Kulturver... äh... Kulturum Raum2 zu Gast, auch

sind zu Gast zwei Mitarbeiter von El Presidente. Ich begrüße sie.

- *El Presidente, deutlich:* Guten Abend an den Rundfunkempfängern!

(nuschelnd im Hintergrund zwei Stimmen: Guten Abend.)

- *Rm:* El Presidente, der Kulturver... äh, nein, das? äh, Kulturum Raum2 ist den Menschen im Wendland ein fester Begriff, tausendfach werden die Veranstaltungen dort besucht, und auch dass sie dort seit vielen Jahren Präsident sind und die Geschicke leiten ist in der Bevölkerung nicht unbemerkt geblieben.

Aber würden sie unseren Hörerinnen und Hörern bitte ganz kurz ihren Werdegang schildern?

- *El P:* Aber gerne doch. Das ist eine wichtige Frage, die sie da stellen. Sehr interessant.

Sie müssen nämlich wissen: Ich habe ganz unten angefangen. Meine erste Arbeit für den Kulturum Raum2 war das Putzen der Männerklos nach einer wilden Party. Ich habe dort eigenhändig eine Verstopfung beseitigt. Dort unten im Keller, ganz alleine. Niemand wird mir vorwerfen können, ich wüsste nichts von der Lebenswirklichkeit der kleinen Leute, wie sie da unten die Toiletten saubermachen und welche wichtige Arbeiten sie für den Erhalt vom Raum2 ehrenamtlich leisten. Das habe ich immer zu schätzen gewusst und werde es nie vergessen. Respect your roots!

Ich bin dann unter der Präsidentschaft von Rob -Rob- Star als Finanzminister in die Regierung eingetreten. Irgendjemand musste sich ja um diesen Kram kümmern, und ja: ich habe mich geopfert! Ich habe in mühevoller Kleinstarbeit die Zahlen entwirrt, gedreht und geordnet. Versuchen sie einmal in einen solchen Laden eine Art Buchhaltung hinzubekommen, so dass sie eine Wahrheit abbildet und zwar nicht so eine, wie sie in einem befreundeten, etwas weiter südlich gelegenen und gern bereisten EU-Land, sagen wir: erfunden oder hergestellt wurde. Ja, ich war sehr kreativ, aber auch sehr erfolgreich.

Zur Zeit der Regentschaft von Königin Susanne der Ersten habe ich dem Kulturum weiterhin als Finanzminister gedient.

- Stimme eines Mitarbeiters, unsicher: Äh, Herr El Presidente, Kulturum? Was ist das? Ich dachte, wir sind ein Kulturverein.

- El P: Das dachten sie. Ab heute heißen wir Kulturum. Das ist schwedisch.

-(Stille und Nachdenken)

- *Rm, unterbrechend:* Sie blieben also Finanzminister.

- *El P:* Durchaus. Und dann habe ich geputscht. Ich habe immer gesagt, ich werde nicht durch eine Wahl an die Macht gelangen.

- *Rm:* Und seitdem haben sie 97 Prozent Zustimmung.

- *El P:* Jawohl. Und das zurecht. Schließlich haben wir Erfolg. Ja, auch das muss man mal erwähnen dürfen, und nicht immer jammern über zuwenig Geld, über die viele Arbeit, der Stress. Ja, auch das ist alles nötig, um gemeinsam voran-zukommen,und wenn man davon überzeugt ist, an einer großen Sache teilzuhaben, für die sich das Engagement lohnt, bei solchen Momenten dabeigewesen zu sein, wenn zum Beispiel eine kolumbianische Band, die in Bogota vor hunderttausend Menschen spielt und deren letzter Auftritt ihrer drei-monatigen Europatournee bei uns im Raum2 stattfindet, dann weiss man, wofür man das alles tut. Die haben sich bei uns gemeldet, dass sie bei uns spielen wollen. Und wir danken es ihnen und unseren Gästen. Mit dem kleinen Unkostenbeitrag am Eingang oder auch nur einer Spende bekommt man nicht nur einfach eine Band geliefert, nein, es ist mehr, es ist das Flair, unser Stil, unser Ambiente, dass wir den Gästen anbieten: Bequeme Sofas, stille Beleuchtung, Kerzenschein, eine gut geführte Bar, gutes Essen und dazu absolut sehens- und hörenswerte Konzerte, Theateraufführungen, Lesungen, Ausstellungen, Diskussionsveranstaltungen und immer wieder Konzerte in unserer einzigartigen Atmosphäre seit nunmehr 20 Jahren gut gereift zu moderaten Preisen. Das ist unser Produkt, ein umfassendes Gesamtpaket und nicht nur ein Angebot an die Sinne.

Das Sytem Raum2 ist nunmehr dabei, sich in seiner Komplexität zu konsolidieren, auch weil wir effektive modulare Strukturen einheitlich installiert haben, die es uns erlauben, wie mit einer Stime zu sprechen. So bin ich nicht nur El Presidente, ich bin ebenso der Vizepräsident und der Finanzminister, also der gesamte Vorstand in Personalunion. Der Vorteil ist offenbar: Konflikte innerhalb des Vorsatnd sind so gut wie ausgeschlossen, wir reden mit einer Stimme. Sie können wählen, ob sie lieber El Presidente, den

Vize oder den Finanzminister etwas fragen wollen, ich werde dann entscheiden, wer ihnen antwortet.

- *Rm:* Ist das denn mit der Satzung vereinbar?

- *El P:* Selbstverständlich. In der Satzung steht, dass die Vereinsmitglieder den Weisungen des Vorstands folge zu leisten haben. Eh voilá: Hier schließt sich der Kreis.

- *Rm, ungläubig:* Ah.

- *El P:* Aber niemand, ich betone: Niemand! braucht irgendeine sonstwie geartete Angst davor zu haben, ich würde auch nur im Entferntesten daran denken, eine Alleinherrschaft anzustreben. Das ist vollkommen absurd. Niemand hat die Absicht, eine Alleinherrschaft zu errichten.

- *Rm:* Aber die Mauer haben sie gebaut.

- *El P:* Jawohl, das haben wir. Schließlich haben wir auch immer gesagt, dass wir eine Mauer bauen werden, und wir haben sie gebaut! Es gibt andere, die wollten einen Zaun bauen und haben das groß angekündigt. Ein Zäunchen! Nicht einmal das haben sie geschafft, während wir gehalten haben, was wir versprochen haben.

- *Stimmen im Hintergrund:* Wer wir? Wir oder sie? Wen meint er?

- *flüsternd:* Er meint sich. Er redet oft von sich in der dritten Person.

- Ah. *(laut)* Er ist großartig.

- *El P:* Wer?

- Na sie.

- *El P:* Ah. Er.
Nun, die weitere Zukunft erscheint in einem helleren Licht, wenn die Zuhörerinnen und Zuhörer von den zwei großartigen Menschen auf diesem Planeten erfahren, die ich zu meinen Vorbildern zähle: Das ist zum einen der legendäre attische König Theseus, der Bringer der Demokratie, und El Presidente aus dem Film Bananas, wobei nun wirklich niemand Angst davor zu haben braucht, das bald schwedisch die neue Amtssprache im Kulturum sein wird.

Theseus war einer der wenigen Herrscher in den langen Zeitläuften der Menschheitsgeschichte, der als König seine von den Göttern gebrachte und legitimierte Macht abzugeben bereit war und den Menschen die freie Tat und das lebendige Wort, das Ideal der Polis, anbot. Gut, zu den Menschen zählten damals nur ein paar ausgesuchte Männer, aber immerhin! Sie haben sich, für Männer, wirklich Mühe gegeben! Sie nannten ihr System Demos-Kratie: Volksherrschaft. Wir danken es Theseus bis heute, indem wir das, was wir haben, tatsächlich Demokratie zu nennen wagen. Die Griechen jedenfalls haben ihn als Dank für seine Tat in ihren Götterkosmos aufgenommen. und da komme ich nun ins Spiel: Ich glaube, damals war das alles ganz anders. Er hatte einfach keinen Bock mehr auf den ganzen Scheiss und Streit und Nerv und Bäh und Zank um ihn herum und diskutier hier und dort über dies und jenes. Macht doch euren Kram alleine, hat er sich gesagt, außerdem war gerade sein Palast fertig: Alle Fenster nach Süden, in Attika ja kein Problem. Ich habe sieben Jahren an meinem gebaut - ist auch bald fertig.

Und dann wurde er Privatier und züchtete Blumen.

- *Rm:* Blumen? Theseus?

- *El P:* Ja. Tagetes.

- *Rm:* Ah.
Wie sehen denn nun aber ihre Mitarbeiter ihren Präsidenten, der sie nun schon gefühlt ein halbes Leben lang regiert. Möchten sie sich kurz vorstellen.

- *El P, eingreifend:* Dies ist Herr Braunlage, unser Pressesprecher, und Herr Matzacharlzek, unser technischer Mitarbeiter.

- Wir fordern ein Amtsenthebungsverfahren!
- Jawohl!
- Und eine Untersuchung!

- *El P, harsch:* Von was?

- Na, ich weiß nicht so recht, äh, so von allem, vielleicht, seitdem sie da sind.

- *El P, genervt:* Geht das auch bitte etwas genauer. (Flüsternd:) Wir haben das doch gestern geübt. Text! Text!

- *(Papierrascheln)* Äh, ja, also. Also wir fordern auf der nächsten Jahreshauptversammlung ein Amtsenthebungsverfahren einzuleiten, damit der wachsende Alleinvertretungs- und Identifizierungsanspruch von Raum2 in der Wahrnehmung der Außenwelt in der Person von El Presidente... *(stocken)*, jetzt habe ich den Faden verloren.

- *Rm, eingreifend:* Es scheint sich also doch Widerspruch innerhalb des Vereins zu regen.

- *El P*: Papperlapapp. Regen? Was soll sich da bitteschön regen? Wenn es ihnen so schlecht geht, und sie im Regen stehen und sie zu sich ehrlich erleichtert sagen: Wenigstens regnets. Das sind solche Momente! Und dann zu wissen: Da ist jemand, der kümmert sich, der hält seinen Arsch und sein Hirn der Außenwelt hin, damit hier in mühevoller Arbeit eine Temporäre Autonome Zone entstehen kann. Selbstverständlich so, wie sie von uns, also von mir, verstanden wird.

- *Rm:* Wer?

- *El P:* Na: Sie!

- *Rm:* Ah, sie. Die Tempo- was?

- El P: Die Temporäre Autonome Zone. Das ist das, was wir schaffen, wenn wir uns im Kulturum Raum2 anlässlich einer Veranstaltung treffen. Wir schaffen einen Raum, einer Blase ähnlich, die sich zwar inmitten des uns umgebenen Systems befindet, aber für einen zeitlich begrenzten Moment tritt es in den Hintergrund, es wird marginalisiert, es verliert an Bedeutung und wird ersetzt durch unsere eigenen Regeln und einem sogenannten Party-Konsens. Zuweilen wird das sichtbar, was wie ein zarter, hoffnungsvoller Ausblick auf eine andere, mögliche Zukunft sich zeigen könnte: Gemeinsam, tolerant,friedlich, weltoffen. Neugierig sein auf das Andere, Bunte, Neue, Überraschende. Wie eine Blume, die zu blühen wagt. Dass das sich als Möglichkeit zu zeigen wagt bedeutet ein hohes Maß an Verantwortungsbewußtsein von unserer Seite her: Das Eine in seiner in sich vielfach unter-schiedenen Einheit sehen zu können, dazu der anspruchsvolle Bewußtseinsgrad der Feiernden. So etwas schafft man nicht mal eben so. Ein langer, lang andauernder Marsch und Prozess, um die Schaffung von Menschen, die dazu fähig sind. Das zeitigt dann natürlich auch Rückwirkungen auf das uns umgebene System, jedenfalls ist dies potentiell möglich.

Es gibt auch spontatne TAZs, wir versuchen, damit planvoller umzugehen: Von der Idee und dem Ideal zur Wirklichkeit. In kleinen Schritten, mehr ist mit dem vorhandenen Material zur Zeit noch nicht möglich.

- *Rm:* Kann man da Mitglied werden?

- *El P:* Wenn man die Standards beherrscht: Ja.

- *Rm:* Standards? Was für Standards?

- El P: Na, die Standards eben: Toilette putzen, einkaufen gehen, miteinander reden. Standards eben.

- *Rm:* Als Bedingung?

- *El P:* Wenn sie es so nennen möchten. Mein Wort ist es nicht. Aber hören sie: Irgendwo muss man die Linie ziehen. Die Leute sollen sich zu Benehmen wissen. Das ist wichtig. Sonst war die ganze Arbeit umsonst, und es vergeht die Freude am Tun. Das wollen wir nicht.

- *Rm:* Ein, äh, spannendes Thema, auch wenn ich nicht alles, also, das darf jetzt auch ersteinmal sacken.

- *(Flüstern von El Presidente):* Los! Sie jetzt!

- *(Räuspern):* Ja, äh, also. Das Plenum hat beschlossen, dass es bei der nächsten Wahl einen echten und starken Gegenkandidaten geben wird.

- *Rm, ungläubig:* Ach, gewählt wird bei ihnen also auch noch?!

- *El P:* Ja selbstverständlich. Was glauben sie denn? Natürlich lasse ich Wahlen abhalten. Jeder hat eine Stimme, oder meinetwegen auch mehr. Sie werden mit Namen versehen, kommen alle in eine große Tonne und werden dann öffentlich, ganz transparent und für alle sichtbar, ausgezählt. Alles ganz frei.

- *Rm:* Mit Namen versehen?

- *El P:* Selbstverständlich. Schließlich will man ja wissen, wem man trauen kann. Nicht, dass einem von einem Verräter ein Messer in den Rücken gestoßen wird.

- *(leise im Hintergrund):* Und am Ende ist es dann wieder El Presidente.

- *El P:* Macht ja auch Sinn. Oder wollen sie, dass alles wieder so den Bach runtergeht wie in der Zeit, als ich rettend eingegriffen habe? Als jahrelang immerzu gewählt wurde, ohne dass sich wirklich auch nur irgendetwas geändert hätte, ohne dass irgendjemand überhaupt mitbekommen hätte, dass es schon wieder einen neuen Präsidenten oder auch Präsidentin gegeben hat? Oder dass das Kassenbuch unlesbar war vor lauter Bierlachen, Gekritzel und herausgerissener Seiten, auf denen die Telefonnummern der neuesten Partybekanntschaften notiert wurden? Seit dem Kauf des Geländes haben wir einfach keine Zeit mehr für derartigen Firlefanz. Es ist Ernst geworden. Ein wenig Wahl-Dekoration mag da reichen. Und das Kassenbuch wurde durch geordnete Zettelwirtschaft ersetzt.
Und um auch noch eine andere Seite meiner Regentschaft den Hörerinnen und Hörern zu schildern, so darf sich mein Publikum auch gerne an meine warmherzig menschliche Seite erinnern,

als ich zum Beispiel erbarmungsvoll der Stimmungskanone Marcel Pascal nach seiner gescheiterten Möbelhaustournee Obdach im Kulturum gewährt habe!

- *Mitarbeiter:* Ja, die Hörschmerzen sind unvergessen! Warum darf der eigentlich bei uns, äh, singen?

- *El P:* Der Sinn wird sich nicht sofort jedem kleinen Licht erschließen. Die Zeiten sind ernst, vielleicht brauchen wir ihn noch einmal, als Waffe.
Diese ernsten Zeiten stellen eben neue Herausforderungen an eine moderne Regierungsform, auf allen Ebenen. Erst wenn das Erreichte sich gefestigt hat und dieses Lebenswerk, wie der Volksmund sagt, in trockenen Tüchern ist, dann wird es an der Zeit sein, weiseren und entschlosseneren das Geschaffene in die treuen Hände zu legen. Das wird dann die Aufgabe der Generationen nach mir sein, und sie werden dann auch die Entscheidungen zu treffen haben, wie es weitergehen soll. Aber bis dahin gilt: Klubben är jag!

- *(???)*

- *(flüsternde Stimme im Hintergrund):* Ich glaube, sein Palast ist bald fertig.

- *El P:* Sie haben meine Erlaubnis, morgen die Klos putzen zu dürfen! Ehre und Ruhm den Werktätigen!

- *Rm:* Äh, also, das führt uns ja fast bis zum Anfang des Gesprächs zurück, dorthin, wo alles begonnen hat und könnte nun auch eine gute Überleitung zum Ende unserer Sendung sein.
El Presidente: Wären sie so freundlich und uns mit ihrem Schlusswort zu beglücken?

- *El P:* Aber natürlich doch, sehr gerne. Schon in meiner ersten Rede als Finanzminister habe ich visionär die heraufdämmernde Zukunft gesehen und sie das erste Mal in Worten zu skizzieren gewagt. Ich sah die Herausforderungen deutlich am Horizont der Ereignisse heraufziehen. Angst bekam ich keine, Mut erfasste mein Herz und ich sah die Zukunft. Und diese Zukunft lautet: Gemüse!

- *Rm, verschluckt sich:* Gemüse?

- *El P*: Ja, Gemüse! In der Zukunft geht es nur noch um Gemüse! Um grünes, gelbes, rotes, buntes Gemüse. Oder haben sie schon einmal einen Geldschein gegessen? Ich habe es getan! Und ich kann ihnen versichern: Das ist es nicht! Dem Essen von Geldscheinen gehört nicht die Zukunft. Das ist bestimmte Negation! Nur werden auch sie immer neue Geldscheine erhalten mit immer größeren Zahlen bedruckt, aber einen gesunden Planeten werden sie sich davon nicht mehr kaufen können und satt machen sie auch nicht; ich weiß das. Deswegen gehört allein dem Gemüse die Zukunft! Leckeres Gemüse! Rohes Gemüse, gekochtes Gemüse, zartes Gemüse, gebackenes, gegrilltes, gebratenes, geringeltes, geraspeltes, gestreiftes Gemüse, selbst-angebautes Gemüse, junges Gemüse,...

(Die Stimme von El Presidente wird langsam ausgeblendet, man hört immer wieder das Wort: ...Gemüse...!)

- *Rm, erleichtert:* Mit diesem Gemüse, äh, Worten endet aus der Sendereihe `Zeitgespräche´ ein Gespräch mit El Presidente, dem Präsident vom Kult..., ach, vom Raum2. Es verabschiedet sich für sie an diesem Abend ihr Ralf Stegen. Gute Nacht für heute.

Nasr-Edin und die Freuden des Sultans

Nasr-Edin lebte am Hofe eines mächtigen Sultans. Dort war er bei den meisten Menschen recht beliebt, auch dem Sultan gefielen seine Scherze, Possen und Anekdoten, oder er hörte ihm gespannt zu, wenn er des Abends, nachdem er gegessen hatte und den Nachtisch zu dem Rauch einer gut gefüllten Nargileh, der persischen Wasserpfeife, einnahm, seine Geschichten erzählte. Nasr-Edin entführte seine Zuhörer gerne auf phantastische Reisen, gespickt und gewürzt mit fabulösen Erlebnissen, von denen man nie so recht wusste, ob sie wahr waren. Aber dessen konnte sich niemand bei Nasr-Edin so sicher sein.

Besonders gefiel es dem Sultan, dass Nasr-Edin soviel Takt und Gespür besaß, ihm die wirklich heiklen Wahrheiten immer nur dann zu sagen, wenn sie alleine waren, sich ansonsten aber damit zurückhielt, seine Freiheit als Narr zu arg zu strapazieren. Es hieß, der Sultan hole sich bei Nasr-Edin sogar ab und zu einen Rat, oder er hatte die Aufgabe, Streit zwischen den Frauen des Sultans zu schlichten, was sehr oft vorkam. Nasr-Edin war dann manchmal für viele Stunden im Harem verschwunden.

So war ihm aber nicht jeder wohlgesonnen. Vor allem Hakim, der Koch des Sultans und seiner Frauen neidete Nasr-Edin seinen Erfolg sehr und sparte nicht mit Spott und zog seinen Humor ins Banale oder Lächerliche. Die einen erzählten sich, es sei wegen dieser alten Geschichte um das Rezept des Lieblingsessens des Sultans, frischer Käse mit gewürztem Öl und Datteln, welches aber nur so wunderbar gelingen konnte, wenn man gewisse Geheimnisse der Kochkünste beherrschte, und einige Nörgler trauten dies Hakim eben nicht zu und erklärten Nasr-Edin zum wahren Urheber, während Hakim immer wieder behauptete, er habe das Rezept alleine entwickelt. Doch das Gerücht hielt sich hartnäckig. Andere Wiederrum meinten, es müsse bei dem Streit um eine Frau gehen. Immer wenn Männer sich scheinbar grundlos so merkwürdig daneben benahmen, gehe es schließlich um eine Frau. Vielleicht ja sogar eine aus dem Harem des Sultans? Oh, ab diesem Punkt verstummten die Stimmen, und es wurde anhnungsvoll geraunt oder wissend getan, denn wenn es um seinen Harem ging verstand der Sultan keinen Spaß und man schwieg besser, wolle man nicht einen Kopf kürzer gemacht werden.

Ganz andere erzählten etwas ganz anderes, konnten sich aber mit ihren Geschichten nicht durchsetzen.

Ohne Klärungsmöglichkeit schwehlte der Groll in Hakim weiter.

Eines Morgens sah er Nasr-Edin, wie er übermüdet aus dem Harem kam und Hakim fasste den Plan, Nasr-Edin zu verleugnen um ihn loszuwerden.

(Es ging tatsächlich um eine Frau. Und um das Rezept.

Sie hieß Faisa, war jung und so schön wie die zarteste Wüstenblume. Hakim hatte sich in sie verliebt, hatte gehofft, sie als Dank für die Erfindung dieser göttlichen Speise, die er `Sultans Freude´ getauft hatte, als Frau nehmen zu dürfen. Doch sie liebte ihn nicht, auch mochte sie nicht seinen Küchengeruch nach gewürztem Öl, zudem gab es da ja dann auch noch diese lästigen Zweifel an der Urheberschaft der Rezeptidee. Hakim wurde eifersüchtig, als er Nasr-Edin sah, denn er dachte nur daran, dass er die Nacht über bei Faisa gewesen sein musste. Er zweifelte keine Sekunde an seiner Vermutung.

Nasr-Edin hatte fast die ganze Nacht damit verbracht, zwischen zwei zankenden Frauen den Streit um ein reichlich verziertes, gestricktes Tuch zu schlichten. Die eine behauptete, die andere hätte das Muster abgeschaut, um es jetzt an ihrer statt dem Sultan zu schenken...)

Als Hakim dann Nasr-Edin auch noch in der Küche sah, wie er heimlich von den gestrigen Resten der Leibspeise des Sultans naschte, seinem Gericht! stand sein Plan fest, und er eilte zum Sultan und traf ihn im denkbar ungünstigsten Moment an, jedenfalls für Nasr-Edin: Der Sultan hatte Teophrastus, den Arzt, zu sich kommen lassen müssen. Er hielt seinen Rock hoch und ließ sich unwillig untersuchen. Aber er hatte Schmerzen. Der Sultan mochte Teophrastus nicht, weil er wusste, dass er immer recht hatte und dass seine Kuren immer unangenehm für ihn waren, aber auch immer halfen. Teophrastus war Grieche, ein ehemaliger Sklave, der am Hofe Muslim geworden war und es eifrig verstand, seine klassische griechische Erziehung und Denktradition mit den Leistungen und Errungen-schaften der islamischen Welt zu verreinen, namentlich der Heilkünste. So verschrieb er nicht nur allerlei heilende Tränke, kannte Rezepte für Salben und verstand sich auch im Schneiden mit dem Messer, sondern er forderte auch zur Bewegung unter jedem Wetter auf, verschrieb Massagen, Dehn- und Turnübungen ebenso wie lange, regelmäßige Spaziergänge und strenge vegetarische Diät. Den gleichen Wert legte er allerdings auch auf das Studium der Werke der Philosophen und Dichter. "Für die geistige Hygiene und Stärkung!" sagte er.

Der Sultan hatte ganz andere Bedürfnisse.

Er war in der Nacht bei Fatima, seiner Lieblingsfrau gewesen, die ihn aber abgewiesen hatte. "Nein," hatte sie gesagt, "ich habe heute Nacht keine Lust auf dich. Außerdem hast du wieder so viel die Nargileh geraucht!"

Nörgelnd und unbefriedigt war er in die Küche gegangen. Was sollte er denn machen? Schlagen konnte er sie ja schließlich nicht (er schlug keine Frau. Außerdem würde Fatima auf jeden Fall zurückschlagen...), und dann sah er den Topf mit dem leckeren Käse, der mit Datteln in gewürztem Öl eingelegt war, und aus Frust aß er maßlos, nahm sich noch reichlich Brot dazu.

Teophrastus mochte spätes Essen gar nicht, das musste ja schlechte und schwere Träume geben und zuviel Luft im Bauch. Der Sultan bekam Bauchschmerzen, die Träume hatte er sich zuvor mit noch einer Nargileh vertrieben. Dafür spürte er die Schmerzen jetzt umso mehr.

"Was willst du?" nörgelte der Sultan Hakim an. Teophrastus war gerade bei seiner Unters-uchung, und der Sultan hatte gerade einen nicht sprichwörtlichen Furz schmerzhaft quersitzen. "Fasse dich kurz!" und er stöhnte ein wenig auf, während er abgehorcht wurde.

"Nasr-Edin war fast die ganze Nacht im Harem, ich habe ihn herausschleichen sehen. Dann hat er in der Küche von eurer Speise gegessen!"

"Was willst du mir damit sagen?" herrschte ihn der Sultan an.

"Wahrscheinlich wollte er Kenntnis von meiner Zubereitung erlangen!"

"Dein Käse ineterssiert mich nicht!" schrie der Sultan ihn an, "was ist mit meinen Frauen?"

"Ich habe nur berichtet, was ich gesehen habe. Antworten kann nur Nasr-Edin selbst auf diese Frage, wenn er nicht bloß wieder eine seiner Geschichten erzählt."

"Bringt ihn sofort hier her!" schrie der Sultan weiter, der nur noch daran dachte, dass Fatima ihn nur verschmäht hatte, weil Nasr-Edin nicht nur von seiner Speise genascht hatte. Das war also der Grund, und er begann innerlich zu kochen. "So haltet doch endlich einmal still! Ich kann euch nicht untersuchen."

"Ich habe keine Schmerzen mehr! Wo bleibt Nasr-Edin?"

"Ach, " sagte Teophrastus besorgt, "ihr habt also keine Schmerzen mehr? Euch tut nichts mehr weh? Hier zum Beispiel?" und er piekste mit einem Finger an eine Stelle am Bauch und der Sultan schrie laut auf und versank jammernd in seinen Kissen. "Oh, geht es mir schlecht. Braut mir einen Trank, der mich gesund macht."

"Ein Trank hilft da nicht mehr. Ihr müsst Diät halten und euch einer Kur unterziehen."

"Diät? Kur? Niemals! Mir geht es schon wieder besser." und er wühlte sich aus seinen Kissen hervor. "Ich war nur etwas geistig angespannt!"

Nasr-Edin erschien. Der Sultan holte tief Luft, richtete sich streng auf, all seinen Groll versammelte sich - im Bauch. Ein stechender Schmerz krümmte ihn zusammen. Nasr-Edin wartete wortlos vor dem gekrümmten Herrscher, der sich verkrampft den Bauch hielt, stöhnte und umzufallen drohte, jedenfalls aber kein Wort herausbrachte. "Er hat hier Schmerzen." sagte Teophrastus zu Nasr-Edin und drückte wieder mit einem Finger an die Stelle am Bauch, woraufhin der Sultan aufschreiend wieder in seine Kissen fiel. Vor Wut und Schmerz rief er, sich den Bauch mit den Händen haltend und als ob er sich davon Linderung verspräche, zu Nasr-Edin: "Ich will keine von deinen Geschichten hören, mit denen du dich nur wieder herausreden willst! Du wirst dein ehrloses Treiben, meine Frauen zu berühren, büßen! Der Henker solle dir den Kopf abschlagen, hier und jetzt!! Und du, Arzt, nimm mir diese Schmerzen, sonst nimmt dir der Henker deinen Kopf als nächsten!"

Nasr-Edin war entsetzt, er wusste ja gar nicht, worum es ging, aber die Wachen kamen schon näher und rückten gegen ihn vor, und sein Kopf sollte fallen. "Haltet ein!" rief er und suchte hastig nach einer Idee. "Haltet ein! Was ich euch noch gar nicht erzählt habe fällt mir gerade wieder ein: Ich brauche ein Jahr Zeit, und ich bringe eurem Pferd das Fliegen bei!"

"Was??" fragte der Sultan ungläubig unter seinen Kissen hervor. Auch Teophrastus wunderte sich.

"Ja doch: In einem Jahr wird euer Pferd fliegen können!" Nach einer rethorischen Pause, langsamer, weit ausholender und stolz ge-sprochen sagte Nasr-Edin: "Das wird euch eine wahre Freude sein. Vor vielen Jahren habe ich diese seltene Kunst auf meinen Reisen in einem entlegenen Tal, weit hinter der großen Wüste..."

"Schweig! Ich will nichts mehr von dir weiter hören! Gebt ihm ein Pferd! Wenn es in einem Jahr nicht fliegen kann, dann werde ich selbst dich hier mit meinem Säbel einen Kopf kürzer machen! Verschwinde sofort aus meinen Augen!"

Nasr-Edin verbeugte sich und eilte von dannen. Er hörte hinter sich nur noch das entspannte und gleichsam resignierende Ausatmen des Sultans und Teophrastus´ Frage: "Dann tut euch hier also nichts mehr weh?", woraufhin ein Schrei durch den Palast hallte, gefolgt von einem dumpfen, fallenden Geräusch und anschließendem Gejammer unter Kissen.

Nasr-Edin verstand die Welt nicht mehr. `Was war denn das gerade?´ fragte er sich. Aber einem Narren sollte immer ein Ausweg einfallen.

Später traf er Teophrastus im Hof, als er gerade sein Pferd ausgehändigt bekam. Der Arzt sagte zu ihm: "Der Sultan wird fortan strengste Diät halten und sich einer Kur unterziehen. Aber Nasr-Edin! Was soll denn die Geschichte von dem fliegenden Pferd? Wir Griechen haben schon einmal von einem fliegenden Pferd gehört, aber noch nicht davon, dass es jemandem gelingen könne, einem Pferd das Fliegen beizubringen.

Bist du denn verrückt geworden?"

"Aber nein. In diesem Jahr kann doch so vieles geschehen. Der Sultan könnte sterben und sein Nachfolger würde der Tradition folgend, alle Verurteilten begnadigen. Er könnte gestürzt oder vertieben werden, oder ich könnte entkommen. Er könnte ja auch wieder gefallen an mir finden und das Urteil aufheben.

Und schlimmstenfalls," schloss Nasr-Edin, "schlimmstenfalls bringe ich diesem verflixten Gaul tatsächlich das Fliegen bei!"

Eine Rose für Dich

Im Sommer haben Rosen geblüht;
bei jeder schönen Blüte dacht` ich nur an Dich.
Ich war allein, habe sie gesehen, ungezählt;
und ohne sie zu pflücken, alle Dir geschenkt.

Was ich bin, bin ich durch Dich.
Was ich sein werde - dasein für Dich.
Ohne Dich war ich nur - ein halber Mensch.

So trage ich diese Blüte hier im Herzen nah bei
mir;
und bewahre sie wohl, denn sie ist ein kostbares
Geschenk -
Eine Rose für Dich.